Mit Bildern
von Anke Kuhl

KATJA REIDER

COOL in 10 Tagen

Rowohlt Taschenbuch Verlag

Veröffentlicht im Rowohlt Taschenbuch Verlag,
Hamburg, Januar 2021

Lektorat Sophie Härtling
Einband- und Innenillustrationen Anke Kuhl
Einbandgestaltung any.way, Barbara Hanke/Cordula Schmidt
Satz ITC Mendoza bei Dörlemann Satz, Lemförde
Druck und Bindung BoD – Books o n Demand GmbH, Norderstedt, Germany
ISBN 978 3 499 00761 3

1

Das Wichtigste zuerst: Ich heiße Juli. Und ich bin eine Großbaustelle.

Zu der Großbaustelle komme ich später, jetzt geht's erst mal um meinen Namen. Also ja, ich heiße genauso wie der Sommermonat! Fragt mich nicht, wie Mama darauf gekommen ist! (Papa hatte bei der Auswahl meines Namens bestimmt nicht viel mitzureden.)

«Juli – das ist kurz und einfach», hat Mama mir irgendwann mal erklärt. «Man muss den Namen nicht mühsam buchstabieren, aber er ist trotzdem etwas Besonderes. Außerdem ist der Juli mein Lieblingsmonat!»

Ich sollte wahrscheinlich froh sein, dass Mama den Herbst nicht besonders mag, sonst würde ich heute vielleicht *Oktobine* oder *Novemba* heißen.

«Juli, kommst du bitte mal eben?»

Mama formuliert Aufforderungen gern als Frage, aber übersetzt heißt es: Juli, komm mal her! Und trödel nicht unnötig herum! Du weißt, ich bin in Eile.

Mama steht irgendwie immer unter Strom. Sie arbeitet als Coach in einer großen Unternehmensberatung. Also,

‹Coach› hat nichts mit Sofa zu tun, auch nicht nur ein bisschen! Das, an was ihr jetzt denkt, ist eine Couch.

Coaches sind Leute, die anderen Leuten sagen, was sie tun können, um erfolgreicher zu werden. Dabei sind die meisten Menschen, die Mama berät, sowieso schon ziemlich erfolgreich. Mama und ihre Kollegen beraten nämlich vor allem Manager, die eine Führungsaufgabe haben wollen oder mehr Verantwortung oder eine Gehaltserhöhung. Mama scheint da jede Menge Tricks zu kennen, wie die das hinkriegen können. Sie hat jedenfalls immer ganz viele Aufträge, was natürlich schön für sie ist.

Das Problem ist nur, dass Mama auch außerhalb ihrer Arbeitszeit mit der ganzen Coacherei nicht aufhören kann! Sie sagt auch mir ständig, was ich tun könnte, um besser in der Schule zu werden, beliebter, sportlicher, hübscher ... Sie erklärt mir sogar, wie ich schöner Flöte spielen, meine Haare bürsten oder mein Zimmer aufräumen könnte! Und das ist ziemlich anstrengend. Also, für mich! Für Mama aber wahrscheinlich auch. (Achtung, gleich komme ich auf das Stichwort vom Anfang zurück! Wisst ihr noch, was es war? Na? – Genau: Großbaustelle!) Ich glaube, Mama betrachtet mich als eine wandelnde Großbaustelle, auf der dauernd etwas schiefgeht und es noch unendlich viel zu tun gibt. Ein Fass ohne Boden sozusagen. Aber Mama gibt nicht auf. Sie ist ehrgeizig, und ich bin ihr Lieblingsprojekt.

Jetzt sitzt Mama vor ihrem Laptop, sie dreht den Stuhl nur minimal in meine Richtung, als ich in ihr Zimmer komme. «Ah, da bist du ja, Juli!»

Ich spüre, wie sie sich auf mich einstellt. Auf dem Laptop würde sie jetzt das Tool *Privat. Tochter. Gespräch* anklicken und das dafür veranschlagte Zeitfenster einstellen.

«Hast du gesehen?», fragt mich Mama. «Heute sind die neuen Nachbarn eingezogen!»

Ich nicke abwartend. Der Umzugswagen stand ja den ganzen Tag vor dem Haus, und die Männer von der Umzugsfirma sind stundenlang die Treppen rauf- und runtergetrampelt.

«Ich habe die neuen Mieter schon kennengelernt», fährt Mama munter fort. «Sie heißen Sperling. Ein Ehepaar mit einem Sohn, sehr nett! Sie haben mich im Hausflur angesprochen und sich für die Unruhe entschuldigt, die ihr Einzug mit sich bringt.» Mama macht eine kleine bedeutungsvolle Pause, und ich spüre, da kommt noch was ... Ich behalte recht.

«Stell dir vor, der Sohn der Sperlings ist sogar in deinem Alter, und weißt du, wie er heißt?» Mama schaut mich erwartungsvoll an.

Soll ich jetzt etwa anfangen zu raten? Ich meine, es gibt hundert Millionen Jungsnamen auf der Welt! Ich bin doch keine Hellseherin. Ich warte also einfach ab. Mama brennt sowieso darauf, den Namen herauszurücken.

«August!», bricht es da schon aus ihr heraus. «Stell dir vor, er heißt August! Wie der Monat! Ist das nicht ein irrer Zufall?»

Meine schwache Reaktion scheint Mama zu enttäuschen, denn sie setzt zu einer Erklärung an. «Verstehst du: DU heißt Juli und ER August! Ist das nicht ein lustiger Zufall?»

Ja, ja, ich hab es verstanden, natürlich schon beim ersten Mal! Und es ist wirklich wahnsinnig lustig! Ich könnte mich kaputtlachen. Irgendwie wird mein Name dadurch noch ein bisschen seltsamer. Hoffentlich kommt der Typ nicht in meine Stufe oder am Ende sogar in meine Klasse. Dann darf ich mir jeden Tag tausendmal anhören, wie irre lustig das ist mit unseren Namen. Irgendwie kann ich diesen August schon jetzt nicht leiden. Dabei kann er ja nichts für seinen Namen. Ich meine, Juli klingt ja wenigstens schön. Aber August zu heißen, das ist wirklich schlimm! Ich würde meine Eltern wegen Körperverletzung verklagen!

Ich glaube, ich habe Mama einen Moment lang nicht zugehört, aber plötzlich horche ich auf.

«... habe ich den Sperlings gesagt, dass du sicher gern bereit bist, August unsere Gegend hier zu zeigen. Damit er sich schneller einlebt.»

Mir fallen fast die Sommersprossen aus dem Gesicht. «Ich soll WAS?»

Mama lächelt beruhigend. «Nun schau doch nicht so entsetzt! Du sollst August nur zeigen, wo die Busse abfahren, wo die Bücherei ist und die Skaterbahn ... solche Sachen eben.»

«Und wieso kann er das nicht selber?», frage ich patzig. «Ich meine, das kriegt man doch alles ruckzuck raus!»

«Klar!» Mama nickt. «Aber so ist es doch viel einfacher und dazu netter. Und August ist durch dich dann gleich ein bisschen vernetzt hier im Stadtteil.»

Vernetzt – das ist eins von Mamas Lieblingsworten! Mama muss pausenlos netzwerken. Das heißt, Menschen miteinander verbinden, damit sie sich dann gegenseitig Vorteile verschaffen. Mama nennt so was ‹Win-win-Situationen›, weil beide Seiten dabei ‹gewinnen›.

«Ich habe mit den Sperlings ausgemacht, dass du August morgen Vormittag abholst. Ihr habt ja noch ein paar Tage Ferien. Dann kennt er sich hier schon aus, wenn die Schule wieder startet, okay?»

Das ‹okay?› am Ende hätte Mama sich auch gut sparen können. Denn es ist ja schon beschlossene Sache. Wenn ich jetzt kneife und behaupte, dass ich an meinen letzten beiden Ferientagen tausend bessere Sachen zu tun habe, als mit August durch die Gegend zu ziehen (was nicht der Fall ist), würde Mama so lange auf mich einreden, bis ich keine Gegenwehr mehr leiste. Oder ohnmächtig bin. Oder beides. Also versuche ich es gar nicht erst.

2

Am nächsten Morgen bemühe ich mich, möglichst lange zu schlafen. Ich lasse die Augen fest geschlossen, rolle mich zu einer Art Knäuel zusammen und versuche, die Gedanken, die mir durch den Kopf schießen, zu ignorieren. Aber das ist echt schwer, wenn man eigentlich hellwach ist.

Ich höre Mama draußen herumwuseln. Sie hat schon ihre Büroschuhe an, die mit den hohen Absätzen. Klack-klack-klack machen ihre Schuhe auf dem Parkett.

Jetzt steckt Mama den Kopf in mein Zimmer. «Bist du wach, Spatz?» Das fragt sie immer, wenn sie zur Arbeit geht und ich noch im Bett liege. Und spätestens dann bin ich tatsächlich wach. Ich habe nämlich einen sehr leichten Schlaf, was Mama natürlich weiß. Sie kennt mich ja lange genug. Ich glaube, sie hält es einfach nicht aus, dass jemand (insbesondere ich!) im Bett herum drömelt, anstatt seine Zeit *aktiv, zielgerichtet und sinnvoll zu nutzen.*

Jetzt tritt Mama an mein Bett und haucht mir einen Kuss auf die Wange. Sie riecht gut, nach Parfüm und ihrer Aprikosen-Hautcreme. Ihre Armreifen klackern leise, als sie mir übers Haar streicht. Ich halte die Augen noch immer fest geschlossen und versuche, gleichmäßig zu atmen. Ich weiß selbst nicht, warum ich mich schlafend stelle. Na ja, eigentlich weiß ich es doch! Ich will nicht, dass Mama mich noch mal daran erinnert, bei Sperlings zu klingeln. Oder mir gar irgendwelche Tipps für mein Treffen mit diesem Nachbars-August gibt. Das wäre ihr zumindest echt zuzutrauen!

Als die Wohnungstür endlich hinter Mama zuklappt, springe ich auf und tappe in die Küche. Auf dem Tisch liegt ein Zettel. Ich seufze, meine To-do-Liste für heute, war ja klar!

Liebe Juli,

- bitte denk dran, bei August zu klingeln (spätestens gegen 11 Uhr, falls die Sperlings früh zu Mittag essen).
- Heute ist Markt. Bitte besorge Äpfel, Pfirsiche und Bananen!
- Bitte guck nach, was du noch für die Schule benötigst: Hefte, Patronen, Stifte, Ordner?

Geld anbei

Gruß + Kuss von Mama

Der Frühstückstisch ist noch gedeckt. Ich schiebe Mamas Zettel zur Seite und mache mir ein Brot mit Schokocreme, schön dick natürlich (die Schokocreme, nicht das Brot).

Nachdem ich mir Zähne geputzt und ein bisschen Wasser ins Gesicht gespritzt habe, ziehe ich mich an. So langsam wie möglich. Ich werfe einen Blick auf die Uhr: gleich halb elf. Hilft alles nix, irgendwann muss ich da ja runter!

Ich stecke Mamas Geld und meinen Schlüsselbund ein. Wenn dieser August ein Vollidiot ist, schiebe ich einfach einen angeblichen Zahnarzttermin vor und ergreife die Flucht. Es ist immer gut, einen Plan B in der Tasche zu haben.

Ich schleiche die Treppe runter. Die Sperlings wohnen direkt unter uns. Sicher haben sie heute Morgen schon mit Mamas Stöckelschuhen Bekanntschaft gemacht. Das Haus ist nämlich ziemlich hellhörig. Den Ausdruck benutzt Papa immer: hellhörig. Als wäre ein Haus ein eigenständiges Wesen mit riesigen Ohren rechts und links (lustige Vorstellung, oder?). Dabei ist Papa hier gar nicht mehr mit eingezogen.

Kaum habe ich den Klingelknopf mit dem Schild «Sperling» gedrückt, wird die Wohnungstür auch schon aufgerissen. Hilfe, haben die Sperlings etwa direkt hinter der Tür gestanden?

«G-guten Morgen», stottere ich etwas verdattert. «Ich ... äh ... bin Juli von oben.» Ich zeige in Richtung

unserer Wohnung, so als wüssten die neuen Nachbarn nicht, wo oben und unten ist.

Die Sperlings nicken und lächeln. Sie ähneln einander auf fast verblüffende Weise. Beide sind kaum mittelgroß, tragen blaue Polo-Shirts, haben braunes glattes Haar und eine Brille. Und beide haben einen nahezu identischen freundlich-eifrigen Gesichtsausdruck.

«Hallo Juli!» Frau Sperling reicht mir die Hand und schüttelt sie begeistert. «Ich bin Anne Sperling, und das ist Michael, mein Mann. Es ist wirklich nett, dass du angeboten hast, dich ein bisschen um August zu kümmern.»

‹Angeboten› ist gut, ich hatte ja wohl kaum eine Wahl. Und um August ‹kümmern› möchte ich mich eigentlich auch nicht. Er ist ja kein ausgesetzter Pudel oder gestrandeter Wal oder so was. Himmel, ich würde Mama umbringen, wenn sie so über mich reden würde! Aber vielleicht tut sie das ja? – Lieber nicht drüber nachdenken! Und schon gar nicht jetzt!

«Komm doch rein!» Anne Sperling öffnet die Tür noch ein Stück weiter. «Tut mir leid, wie es hier aussieht!» Sie deutet auf die Kartons, die sich im Flur stapeln. «Wir sind noch am Auspacken!» Entschuldigend lächelt sie mich an.

Ich lächele verdattert zurück. Noch nie hat sich ein Erwachsener bei MIR für Unordnung entschuldigt!

«Der August ist in seinem Zimmer», fährt unsere neue Nachbarin fort. «Ich glaube, er hat dein Klingeln gar nicht gehört.»

Oh doch, das hat er bestimmt, der August! Er hatte nur keine Lust, mir aufzumachen. Ich lege in solchen Situationen auch gern die Ohren an.

Anne Sperling klopft an eine Tür am Ende des Flurs. «August?! Dein Besuch ist da!»

August hat am Schreibtisch gesessen. Jetzt steht er auf und kommt widerstrebend näher. Mama hat richtig geschätzt. Er ist etwa so alt wie ich, also zehn oder elf. Und ich vermute, dass seine Eltern ihm dieses Kennenlernen genauso aufgezwungen haben wie Mama mir. Ich seufze in mich hinein. Echt unfassbar, so als wären wir noch im Kindergarten!!

«Hallo, ich bin Juli!»

«Gus!»

Einen Moment stehen wir unentschlossen voreinander und wissen nicht so recht, ob wir uns zur Begrüßung die Hand geben sollen wie Erwachsene. Stattdessen versenke ich meine Hände lieber schnell in den Taschen meiner Jeans.

«Möchtest du etwas trinken, Juli?», schaltet sich Mama Sperling ein.

Ich schüttele den Kopf. «Nein, danke, ich hab gerade gefrühstückt.»

«Na, dann lass ich euch mal allein.» Augusts Mutter lächelt verschwörerisch und zieht diskret die Tür hinter sich zu.

Am liebsten würde ich hinter ihr herrennen. Ich hab keinen Schimmer, was ich mit diesem August reden soll. Ihm geht es anscheinend genauso. Jetzt schaut er sich sogar suchend in seinem Zimmer um, als wäre in irgendeiner Ecke eine Lösung für unser peinliches Schweigen versteckt.

Mal sehen, wie lange er es aushält.

Nicht allzu lange.

«Und ihr ... äh ... wohnt also direkt über uns?»

Ich nicke. «Ja, meine Mutter und ich. Vielleicht hast du Mama heute Morgen schon gehört. Sie hat immer so laut klackernde Schuhe an.»

Herrje, was plappere ich denn da für ein Zeug zusammen?

Ich starte einen neuen Versuch. «Wie hast du dich eben genannt? Gus?»

Er lächelt gequält. «Ja, das ist etwas besser als August, findest du nicht?»

Er versucht, seine Worte lässig klingen zu lassen, aber es klappt nicht wirklich. Der Name scheint ein empfindliches Thema zu sein. Kein Wunder!

«Gus ist doch okay», sage ich daher so locker wie möglich. «Aber für deine Eltern bist du weiter August, oder?»

Er seufzt. «Ja, dabei habe ich's ihnen schon tausendmal gesagt, also, dass sie mich Gus nennen sollen.»

«Warum haben sie dir überhaupt so einen komischen Namen gegeben?»

Er zuckt zusammen. Boah, das war echt dämlich von mir! Voll ins Fettnäpfchen! Ich hab es geschafft, nicht nur seinen Namen, sondern auch seine Eltern für ihre Namenswahl zu kritisieren. Eine stolze Leistung dafür, dass wir uns erst drei Minuten kennen!

«Ich meinte nur, August heißen ja nicht so viele, oder?», versuche ich zu retten, was zu retten ist.

«Juli aber auch nicht», gibt er zurück.

Okay, das war jetzt nicht schlecht gekontert! Fast gegen meinen Willen muss ich grinsen. «Stimmt!» Ich zögere, aber dann sage ich es doch. «Ist schon irgendwie lustig mit unseren Namen, oder? Ich meine, Juli und August in einem Haus?»

Jetzt grinst er auch, und ich sehe, dass er eine kleine Zahnlücke hat, vorn zwischen den Schneidezähnen. Sieht witzig aus. Fast hätte ich gefragt, ob er damit pfeifen kann, aber dann halte ich doch lieber die Klappe. Ein Fettnäpfchen für den Anfang genügt, selbst für meine Verhältnisse.

Gus sieht mich fragend an. «Wollen wir mal los? Deine Mutter meinte, du könntest mir die Gegend ein bisschen zeigen, damit ich mich nicht ständig verlaufe.»

«Tust du das denn?»

Er nickt. «Ja leider! Ich verlaufe mich schon auf dem Weg zur Bushaltestelle. Ist echt peinlich!»

Ich wende mich zum Gehen. «Ach, da kenne ich Schlimmeres! Also Sachen, die wirklich peinlich sind!»

Er zieht den Reißverschluss seiner Kapuzenjacke hoch und öffnet die Tür. «Oh, glaub mir: ich auch ...!»

3

Wir laufen schweigend nebeneinanderher. Da ich keine Erfahrung als Stadtführerin habe, weiß ich nicht so recht, was von mir erwartet wird.

«Also, das hier ist der Kantweg», beginne ich schließlich etwas unmotiviert. «Da hinten geht dann die Goethe-Allee ab. Und da vorn auf dem Platz ist mittwochs und samstags Wochenmarkt.»

«Mhm», macht Gus desinteressiert und guckt in den Himmel. Wochenmarkt scheint nicht so sein Thema zu sein. Na, dann eben nicht. Kann mir ja egal sein!

Ich lege einen Zahn zu. Gus passt sich meinem Tempo ohne zu maulen an. Wenigstens ist er nicht so ein Schleicher. Mich nervt es immer total, wenn Leute sich im Schneckentempo bewegen und ich ständig einen halben Schritt vor ihnen herlaufe.

«Wäre es okay, wenn wir kurz in das kleine Einkaufszentrum da gehen?», frage ich nach einer Weile. «Ich müsste noch ein paar Sachen für die Schule besorgen.»

So dümpeln wir hier wenigstens nicht nur so ziellos herum.

Gus nickt. «Klar.»

Na dann! Wir überqueren den leeren Marktplatz und steuern die kleine Ladenpassage hinter der Kreuzung an.

Das erweist sich leider als keine gute Idee …

Ich höre das Unheil schon, bevor ich es sehe – dieses nervige Kichern ist unverkennbar! Direkt vor dem Eingang stehen Sarah und Milena aus meiner Klasse. Stine und ich nennen die beiden immer nur ‹Die Quietscheentchen›. Natürlich nur, wenn sie es nicht mitkriegen.

Es ist zu spät, um abzudrehen. Die zwei haben mich entdeckt und winken mir so begeistert zu, als wären wir allerbeste Freundinnen. «Huhuuu Juuuliiii!»

Gus hält sich ein kleines Stück hinter mir, guckt in die Luft und versucht vergeblich, so zu tun, als gehöre er nicht zu mir (tut er ja genau genommen auch nicht). Aber natürlich ist Sarahs Blick gleich an ihm hängengeblieben. Sie mustert ihn neugierig.

«Hi, wer bist du denn?», quiekt sie.

«Ach, das ist ...» Ich drehe mich langsam zu Gus um. So als müsste ich erst mal selber nachschauen, mit wem ich gerade unterwegs bin. «Das ist ... äh ...»

«Ja?», fragt Milena.

Ich spüre förmlich, wie die Quietscheentchen ihre Antennen ausfahren.

«Das ist der Sohn von unseren neuen Nachbarn», erkläre ich umständlich. «Seine Familie ist gestern in die Wohnung unter uns gezogen. Und jetzt zeige ich ihm ein bisschen die Gegend hier.» Himmel, ich spreche über Gus, als wäre er gar nicht da oder würde nur einen seltenen afrikanischen Dialekt verstehen!

Das ist anscheinend auch den Quietscheentchen aufgefallen. Sie nehmen Witterung auf. Sarah hat Gus nicht aus den Augen gelassen. «Kann er auch selber sprechen, der neue Nachbar?»

Spätestens jetzt kann Gus nicht mehr so tun, als wäre er eigentlich nicht da. «Äh ... klar», krächzt er und hebt verlegen die Hand. «Hi!»

Sarah grinst gönnerhaft. «Geht doch! – Da bin ich ja

beruhigt. Ich dachte schon, du wärst taubstumm. Wir sind übrigens Sarah und Milena.»

«Wir gehen mit Juli in eine Klasse», ergänzt Milena eifrig.

Die beiden blicken Gus auffordernd an. «Und du?»

«Wie? Ich?»

Sarah verdreht die Augen. «Wie? Heißt? Du?», fragt sie, jedes Wort einzeln betonend, so als wäre Gus ein bisschen bescheuert.

«Gus», sage ich schnell, bevor er selbst antworten kann, «das ist Gus!»

Die Quietscheentchen sehen sich kichernd an. «Gus? Was ist denn das für ein komischer Name?»

Gus ist rot angelaufen. «Die Abkürzung für August», sagt er.

Tapfer, tapfer ...

«August? Echt jetzt? Du heißt August?» Sarah prustet los. «Och, wie süß, Juli und der dumme August allein zu Haus. Und wer wohnt unter euch? September ...?»

Die Quietscheentchen können sich kaum mehr einkriegen vor Lachen.

Gus und ich wechseln einen Blick. Er zuckt die Achseln.

«Sehr lustig», sage ich. «Wirklich, ich lache mich gleich tot.» Aber das kriegen Sarah und Milena vor lauter Gegacker gar nicht mit. «Und tschüs!»

Ich ziehe Gus weiter. Bloß weg hier!

Die Lust aufs Einkaufen ist mir vergangen. Wir gehen durch die Ladenpassage und hinten gleich wieder raus.

Unschlüssig sehe ich mich um. Was nun? Keinesfalls will ich Sarah und Milena noch mal über den Weg laufen!

«Wollen wir in den Park?», schlage ich schließlich vor. «Da müssen wir nur ein Stück die Straße hoch.»

Gus nickt stumm. Eine Weile laufen wir einfach nebeneinanderher.

«Tut mir leid, dass du gleich an deinem ersten Tag hier den Quietscheentchen über den Weg laufen musstest», sage ich schließlich. «Die beiden sind einfach so nervig!»

Gus versenkt die Hände in den Hosentaschen. «Ist doch nicht deine Schuld!»

«Weiß ich. Trotzdem doof!»

Er kickt ein Steinchen gegen die Häuserwand. Ich werfe ihm einen verstohlenen Seitenblick zu. Ob ihm wohl Sarahs doofe Sprüche und das alberne Gegacker was ausgemacht haben?

Schwer zu sagen.

«Auf welche Schule wirst du eigentlich gehen?», frage ich, als wir in den Park einbiegen.

«Auf die Schillerschule»», erklärt Gus. «Du bist auf dem Heilweg-Gymnasium, oder? Da wollte ich eigentlich auch hin, aber es gab keine freien Plätze mehr.»

Wir werden also nicht auf dieselbe Schule gehen! Puh … Ich atme auf.

Anscheinend zu laut. Gus sieht mich von der Seite an. «Erleichtert?»

Mist, bin ich so durchschaubar? «Na ja, auf weitere Juli-August-Scherze kann ich durchaus verzichten», gebe ich ehrlich zu.

«Schon klar! Ich auch!» Er nickt. «Boah, für so was wie eben müsste man einfach einen guten Spruch drauf haben ... Einen, nach dem keiner mehr aufmuckt!»

Tja, schön wär's! Aber coole Sprüche fallen mir grundsätzlich nicht ein. Jedenfalls nicht dann, wenn ich sie brauche, sondern Stunden später. Oder sogar Tage später, oder gar nicht. Und Gus' Reaktion eben bei den Quietscheentchen ließ auch nicht gerade darauf schließen, dass er ein Großmeister der Coolness ist.

Gus scheint meine Gedanken gelesen zu haben. «Mir fallen die guten Antworten auch immer erst hinterher ein. Das geht doch allen so.»

Nee, nicht allen! Ich schüttele energisch den Kopf. Es gibt Leute, die einfach total schlagfertig sind. Jedenfalls kommt einem alles, was sie machen oder sagen, witzig und locker vor. Leon und Emmi aus meiner Klasse zum Beispiel: Für die scheint immer alles ganz easy zu sein. Selbst wenn etwas danebengeht – ein vergurkter Stunt mit dem Rad, eine voll verpeilte Antwort in Bio – egal! Die beiden grinsen einfach alles weg, und es ändert nicht das Geringste daran, dass sie trotzdem (oder gerade deswegen?) die Coolsten sind und bleiben! Die chillen ihr Leben, echt! Ich hab keine Ahnung, wie die das machen!

«Meinst du, man kann Cool-Sein lernen?», frage ich Gus.

Er zuckt die Achseln. «Weiß nicht ... Nee, ich glaub nicht!»

Einen Moment schweigen wir beide. Ich schaue zu ihm rüber. Die dämlichen Sprüche der Quietscheentchen haben ihn also doch verletzt. Das spüre ich. Plötzlich habe ich das Bedürfnis, irgendwas Tröstliches zu sagen. Schließlich ist er den beiden nur wegen mir begegnet.

«Vielleicht wird man ja automatisch cooler, wenn man älter wird», überlege ich laut.

«Das kann nicht sein. Dann wären ja alle Erwachsenen cool.» Gus grinst schief. «Und meine Eltern sind ganz bestimmt nicht cool!»

Im Stillen gebe ich ihm recht. Gus' Eltern scheinen in Ordnung zu sein, aber auf den ersten Blick wirkten sie so was von uncool! Nein, ich glaube, allein aufs Älterwerden kann man sich nicht verlassen ...

4

Na, wie war es mit August?», erkundigt sich Mama, während sie Salat und Pizza auf unsere Teller verteilt.

Mama ist heute früher nach Hause gekommen und hat Essen aus dem italienischen Restaurant nebenan mitgebracht. Nach der Arbeit hat Mama oft keine Lust mehr, richtig zu kochen, und macht ‹etwas Einfaches›, wie sie das nennt. Deshalb kenne ich inzwischen alle denkbaren Formen von Omelette. Manchmal fühle ich mich schon wie ein wandelndes Hühnerei.

Ein Essen wie heute ist echt Luxus! Ich schnappe mir gierig das erste Stück Pizza und beiße hinein. Autsch … warum vergesse ich immer, wie heiß dieser geschmolzene Käse ist?!

«Er heischt nischt Auschuscht», nuschele ich mit vollem Mund.

Mama wirft mir einen vorwurfsvollen Blick zu. «Jetzt kau bitte erst mal, Juli!»

Schnell schlucke ich das Pizzastück hinunter. «Er will Gus genannt werden. Kann man ja auch verstehen, oder? *August* zu heißen, ist nun mal echt blöd!»

Mama schenkt uns beiden Wasser nach, obwohl mein Glas noch fast voll ist. Sie achtet immer darauf, dass wir genug trinken, weil sonst ‹das Gehirn nicht optimal arbeiten kann›. Auf meinem Schreibtisch muss immer eine Flasche Wasser stehen. Darauf achtet Mama.

«Na ja, August ist wirklich ein sehr altmodischer Name», gibt sie zu. «Ich weiß auch nicht, warum man sein Kind heute noch so nennen muss.»

«Oh, dafür gibt es eine Erklärung! Gus hat mir vorhin erzählt, wie er zu seinem Namen gekommen ist!»

Die Geschichte geht so: Als Michael Sperling, also Gus' Vater, klein war, hatte er einen besten Freund, Arne. Weil Arnes Eltern ein Lebensmittelgeschäft hatten und ständig gearbeitet haben, hat Arne viel Zeit bei seinem Großvater verbracht. Der hieß August und muss ein richtig toller Opa gewesen sein. Er hat ganz viel gemeinsam mit Michael und Arne unternommen. Sie haben zusammen ein Floß gebaut, der Opa hat ihnen gezeigt, wie man angelt und wie man die Fische hinterher ausnimmt! Na ja, solche Sachen eben. Und eines Tages hat er Gus' Vater sogar das Leben gerettet!

«Stell dir vor, dieser Opa August hat ihn aus einem Gully gezogen!», erkläre ich Mama.

Sie macht große Augen. «Aus einem Gully?»

«Ja, damals hatte es wohl tagelang geregnet, so doll, dass alle Gehwege und Straßen überflutet waren! Einige Gullys waren mit Laub verstopft. Sie mussten gereinigt werden, damit das Regenwasser abfließen konnte. Und anscheinend hatte ein Arbeiter vergessen, einen der Gullydeckel wieder zu schließen, oder die Stelle war nicht abgesperrt, jedenfalls ist Gus' Vater in den Schacht gefallen und wäre fast von dem Wasser mitgerissen worden.» Ich mache eine Pause. «Stell dir das mal vor, Mama! Das muss echt schrecklich gewesen sein! Und da hat Opa August sich kopfüber in den Schacht gehängt, Arne hat sich auf seine Beine gesetzt, um ihn festzuhalten, und dann hat der Opa Gus' Vater im letzten Moment herausgezogen.»

Über der Geschichte der dramatischen Rettung habe ich sogar fast meine Pizza vergessen. Ich hole tief Luft. «Wahnsinn, oder?»

Mama nickt beeindruckt.

«Jedenfalls hat Michael Sperling damals beschlossen, seinen Sohn – also, wenn er später mal einen bekommt – nach seinem Lebensretter August zu taufen!» Ich nehme einen großen Bissen von meiner Pizza.

«Das ist ja eine tolle Geschichte!», sagt Mama.

«Finde ich auch!»

Einen Moment essen wir schweigend, dann fragt Mama: «Es war heute also doch nicht so doof mit August, wie du befürchtet hattest?»

«Mit Gus», verbessere ich. «Nö, er scheint ganz in Ordnung zu sein.»

«Na, siehst du! Habe ich doch recht behalten.» Mama nickt, sichtlich zufrieden, dass ihr ‹Networking› mal wieder so perfekt funktioniert hat.

Weil es gerade so gemütlich ist und Mama sogar noch Schokoeis zum Nachtisch anbietet, erzähle ich ihr ausführlich von meinem Nachmittag mit Gus. Auch die Begegnung mit den Quietscheentchen lasse ich nicht aus.

«Es war so ätzend, Mama, vor allem für Gus! Er tat mir echt leid!»

Mama runzelt die Stirn. «Verhalten sich Sarah und ihre Freundin denn öfter so? Also auch in der Schule?», fragt sie. «Das geht ja schon fast in Richtung Mobbing!»

«Quatsch, das war kein Mobbing! Das war einfach nur doof und nervig!»

Beim Thema Mobbing machen Erwachsene ja inzwischen total die Welle. In der Schule reden wir auch ständig darüber. Kürzlich war sogar ein Typ von der Behörde da, der hat in der Aula einen Vortrag darüber gehalten, dass keiner fertiggemacht werden darf und was man tun soll, wenn einem selbst so was passiert. Und zum Schluss haben wir alle eine Broschüre gekriegt mit Telefonnummern, wo man Hilfe bekommen kann und so. Klar ist das superwichtig, aber darum geht es ja hier gar nicht! Mir würde es reichen, im richtigen Moment gut kontern zu können, wenn mir jemand blöd kommt. Das muss man doch irgendwie lernen können!

Na okay, unter uns: Wenn ich ehrlich bin, wünsche ich mir manchmal ein bisschen mehr, als gut kontern zu können.

Meine Freundin Stine hat kürzlich mal gesagt: «Du und ich, wir gehören eben nicht grad zu den Angesagten in der Klasse!»

Ich habe erst so getan, als würde ich nicht kapieren, was sie meint. Dabei war es mir eigentlich sofort klar: Stine und ich, wir werden in der Schule so gut wie nie nach unserer Meinung gefragt. Wenn unsere Klassenlehrerin Frau Bolz Ideen für ein Fest oder irgendeine besondere Aktion sammelt, guckt uns beide garantiert keiner erwartungsvoll an. Die meisten haben uns gar nicht auf dem Schirm. Wir sind nämlich nicht gerade für besondere Geistesblitze bekannt. Und selbst WENN ich mal eine Idee habe, äußere ich sie nicht oder so spät, dass jemand anders inzwischen schon etwas Ähnliches vorgeschlagen hat. Ich bin sicher: Nach Klassenausflügen weiß hinterher kaum jemand, ob ich eigentlich auch dabei war. Und wenn ich im Unterricht beim Kippeln mit dem Stuhl nach hinten falle, wie es mir kurz vor den Ferien passiert ist, ist das einfach nur megapeinlich! Die anderen lachen sich halbtot über mich oder – noch schlimmer: – seufzen genervt, und ich würde mir am liebsten ein Loch buddeln und erst zu Weihnachten (übernächstes Jahr) wieder rauskommen. Wenn aber genau das Gleiche einem der Coolen passiert, Leon, David oder Emmi, dann ist das Ganze plötzlich ultrawitzig! Ein Typ wie Leon, der steht auf, schüttelt lässig seine Haare nach hinten, grinst in die Runde und lässt sich wieder auf seinen Stuhl fallen, als hätte er soeben eine Wahnsinnsvorstellung gegeben. Ein Wunder, dass die anderen nicht hinterher noch Beifall klatschen! – Verdammt, warum ist das so?

«Juli? – JULI?!» Mama blickt mich missbilligend an. «Hast du mir eben überhaupt zugehört? Wo bist du denn wieder mit deinen Gedanken?»

«Entschuldige!» Ich habe tatsächlich nicht mitgekriegt, was Mama zuletzt gesagt hat.

Sie seufzt. «Ich habe dich gefragt, ob du Gus die neue Skateranlage im Stadtpark gezeigt hast.»

Klar habe ich das! Und da war jede Menge los. Einige der Skater waren richtig gut. Die haben in der Halfpipe tolle Tricks gezeigt, während andere nur lässig auf ihren Boards herumgewippt sind und so getan haben, als würden sie normalerweise einen atemberaubenden Stunt nach dem anderen hinlegen, nur halt im Moment grad nicht. Ehrlich, manche von denen sind nicht ein einziges Mal gefahren, während Gus und ich zugeguckt haben! Die haben nur wichtig unter ihren langen Haarfransen hervorgeschielt und kamen sich cool vor.

«Wie lange die wohl ihren Blick vor dem Spiegel geübt haben?», hat Gus gefragt.

«Mindestens so lange, wie es gedauert hat, diese Frisen hinzustylen», hab ich gemeint.

Und dann haben wir gelacht.

«Du brauchst mal wieder ein paar neue Sachen», unterbricht Mama meine Gedanken. Anscheinend hat sie inzwischen das Thema gewechselt. «Schau dich mal an, Juli: Deine Hosen sind alle zu kurz!»

Das klingt, als hätten die Hosen und ich uns verbündet, um Mama zu ärgern. Also echt, ich wachse nun mal! Das ist ja kein Verbrechen. Außerdem will ich jetzt nicht über

Klamotten reden, sondern übers Cool-Sein. Vielleicht hat Mama ja ein paar geheime Tricks auf Lager, wie ich cooler werden könnte (und Gus gleich mit. Großzügig wie ich bin, wäre ich bereit, mein Wissen mit anderen Bedürftigen zu teilen). Schließlich hilft Mama in ihrem Job doch ständig Leuten, ihre Ziele zu erreichen. Dann kann sie uns doch auch ein bisschen Nachhilfe geben.

Während Mama die Packung mit dem Schokoeis aus der Kühltruhe holt und unsere Schälchen füllt, lotse ich sie also zurück zum Thema. «Sag mal, was lernen die Leute eigentlich genau bei dir? Also, wenn du sie berätst, meine ich?»

Mama guckt mich so verwundert an, als hätte ich gefragt, ob wir am Sonntag einen kleinen Ausflug zum Mond unternehmen wollen. Klar, bisher habe ich nicht allzu viel Interesse an ihrem Job gezeigt. Ich bin immer eher genervt, dass Mama so viel Zeit damit verbringt.

«Du meinst, wie ich meine Klienten unterstütze?»

Ich nicke eifrig. ‹Klienten› – so nennt Mama die Leute, die sie berät.

Mama lehnt sich zurück und schlägt die Beine übereinander. So sitzt sie bei der Arbeit bestimmt auch immer da. Mama ist jetzt auf ‹Job-Modus›, selbst ihre Stimme verändert sich, sie klingt irgendwie sachlicher und tiefer.

«Na ja, das kommt natürlich auf das jeweilige Problem an», beginnt Mama. «Aber im Grunde arbeite ich mit jedem Klienten zuerst heraus, was er – oder sie – eigentlich genau will. Das können sehr unterschiedliche Dinge sein: Der eine wünscht sich mehr Anerkennung, der andere will eine höhere Position und mehr Geld, der dritte will vielleicht weniger arbeiten oder wünscht sich andere Aufgaben – und so weiter.»

Schon klar! So ähnlich habe ich mir das auch vorgestellt. Aber das kann ja nicht alles sein.

«Und dann? Wie geht's dann weiter?»

Mama überlegt einen Moment. «Dann arbeiten wir gemeinsam heraus, was ihn oder sie bisher davon abgehalten hat, diese Ziele zu erreichen. Weißt du, viele Menschen stehen sich selbst im Weg. Sie spielen ihre Erfolge herunter, weil sie Angst haben, unbescheiden zu wirken oder im Mittelpunkt zu stehen. Manche meiner Klienten wollen auch unbedingt von allen gemocht werden. Sie haben nie gelernt, auch mal nein zu sagen, unbequem zu sein oder einen Konflikt auszuhalten.» Mama macht eine Pause. «Verstehst du, was ich meine?»

Klar, das ist ja einleuchtend! Obwohl ich immer dachte, dass man all das irgendwie von selbst kann, wenn man erwachsen ist. «Und das bringst du denen dann bei?»

Mama nickt und schiebt sich einen Löffel Eis in den Mund. «Ich versuche es zumindest. Manchmal machen wir auch ganz praktische Übungen. Damit meine Klienten zum Beispiel das Nein-Sagen schon mal woanders ausprobieren, bevor sie ihrem Chef oder den Kollegen gegenübertreten und es dann wirklich um etwas Wichtiges geht.»

«Und das hilft den Leuten?»

«Oh ja, diese ‹Trockenübungen› (Mama zeichnet Anführungsstriche in die Luft) sind in der Regel sehr wirkungsvoll. Denn dabei spürt man schnell, dass sich Veränderungen nicht von selbst ergeben, sondern dass man dafür etwas tun muss, anders handeln als bisher.» Mama lächelt. «Das ist natürlich nicht leicht. Wir können alle nur schlecht aus unserer Haut.» Sie steht auf. «So, räumst du die Sachen schnell in den Geschirrspüler, Juli? – Ich muss leider noch ein bisschen ...»

«... arbeiten?»

«Genau!» Sie gibt mir einen Kuss. «Aber ich finde es schön, dass du mal genauer gefragt hast, was ich bei meiner Arbeit so mache. Darüber freue ich mich richtig!»

Für einen Moment verstecke ich mein Gesicht an Mamas Schulter. Jetzt habe ich fast ein schlechtes Gewissen, dass es mir eben weniger um Mama ging als um mich selbst. Aber das weiß sie ja zum Glück nicht.

5

Am nächsten Morgen nach dem Frühstück kommt Gus zu mir nach oben. Irgendwie war es ganz selbstverständlich, dass wir uns heute wieder treffen. Ich glaube, durch die Begegnung mit den Quietscheentchen und unser Gespräch danach haben wir ein paar der üblichen Stufen beim Kennenlernen übersprungen.

Gus blickt sich in meinem Zimmer um und lässt sich schließlich in den Hängesessel fallen, der von der Decke baumelt.

«Wow, das ist ja ein tolles Teil!» Er wippt begeistert auf und ab. «So was hätte ich auch gerne!»

«Der ist klasse, was?», sage ich. «Ich hab ihn letztes Jahr zu Weihnachten bekommen! Ich hab mir nur diesen Sessel gewünscht, sonst nichts! Mama musste extra den Vermieter fragen, ob wir die Befestigung an der Decke anbringen dürfen!»

Gus stößt sich leicht mit den Füßen ab. «Dann kann ich das schon mal vergessen. So was würden meine Eltern nicht machen!»

«Wieso?», frage ich verwundert. «Mehr als nein sagen

kann der Vermieter doch nicht. Und bei uns hat er es ja auch erlaubt.»

«Schon klar.» Gus grinst schief. «Aber meine Eltern haben immer Angst, jemandem auf die Nerven zu gehen. Sie würden nie irgendwelche Forderungen stellen. Deswegen wird es auch ewig dauern, bis unsere Wohnung fertig eingerichtet ist. Schließlich darf man weder morgens noch mittags und schon gar nicht abends die Bohrmaschine benutzen. Meinen meine Eltern jedenfalls. Denn der Lärm könnte ja möglicherweise irgendjemanden im Haus stören!»

«Ja, aber das ist doch eigentlich nett», wende ich ein. «Es gibt genug Idioten, denen es völlig schnuppe ist, ob sie anderen auf den Zeiger gehen.»

«Stimmt schon!», sagt Gus. «Aber man muss auch mal ... na ja, Eier zeigen können! Jedenfalls wenn's drauf ankommt.»

Etwas an Gus' Tonfall hat mich aufhorchen lassen. «Und das können deine Eltern nicht?», frage ich vorsichtig. «Du meinst, auch nicht ... äh ... wenn's um etwas Wichtiges geht?»

Gus schüttelt den Kopf. «Auch dann nicht! Jedenfalls habe ich es noch nicht erlebt! Und das ist ganz schön nervig, sag ich dir!» Er steht auf und sieht mich auffordernd an. «Zeigst du mir jetzt den Rest eurer Wohnung?»

«Ja klar, komm mit!»

Ich gehe voran. Offensichtlich will Gus nicht mehr über das Thema sprechen. Auch gut. Dann bohre ich nicht länger.

Ich zeige Gus die Küche und unser Wohnzimmer mit der großen grünen Samtcouch, auf der ich es mir mit Mama gern gemütlich mache, wenn sie mal Zeit hat. In ihrem Schlafzimmer, das direkt neben meinem liegt, hat Mama sich eine Arbeitsecke eingerichtet. An dem großen Schreibtisch vor dem Fenster sitzt sie oft bis tief in die Nacht. Dann scheint das bläuliche Licht des Bildschirms durch den Türspalt.

Neugierig betrachtet Gus das Foto, das eingerahmt seit Urzeiten auf Mamas Schreibtisch steht. Es zeigt mich bei meiner Einschulung. Stolz halte ich meine große Schultüte in die Kamera. Ich trage ein rosa Kleid mit Rüschen, das ich damals ganz toll fand, weiße Sandalen und eine hell-

rosa Schleife im Haar. Oh Mann, ich sehe aus, als wäre ich auf dem Weg zum Fasching! Total peinlich!

«Ich hatte damals so eine Prinzessinnen-Phase», erkläre ich verlegen.

Gus grinst. «Schon klar! Aber das kann ich überbieten: Ich hatte zur Einschulung eine bayerische Lederhose an, so eine mit Hosenträgern und Latz, du weißt schon ... Die hatten mir meine Großeltern aus München mitgebracht. Sie waren extra zu meinem ersten Schultag angereist und wären total enttäuscht gewesen, wenn ich die Hose nicht gleich angezogen hätte. Behaupteten meine Eltern jedenfalls. – Deshalb bin ich tatsächlich mit dem Ding losgezogen. Das hätte ich mal lassen sollen: Noch Wochen später haben ein paar Jungs in meiner Klasse jedes Mal angefangen zu jodeln, wenn ich um die Ecke kam.» Gus seufzt. «Andere hätten wahrscheinlich einen guten Gag daraus gemacht. Aber für mich war es einfach nur ...»

«... peinlich?», frage ich.

Er nickt. «War ein doofer Einstieg.»

«Oje», sage ich mitfühlend. «Da hatte ich ja noch Glück in meinem rosa Traum! In der Zeit war der Prinzessinnen-Look voll angesagt, und ich war wenigstens nicht die Einzige, die so rumgelaufen ist!»

Ich nehme Gus das Einschulungsfoto aus der Hand und stelle es zurück. «Übrigens war mein Vater eigentlich auch auf dem Bild. Mama hat ihn einfach abgeschnitten, als sie sich getrennt haben.»

«Siehst du ihn denn oft?», fragt Gus. «Deinen Vater?»

Ich zucke die Achseln. «Geht so! Jedes zweite oder dritte Wochenende. Papa ist Ingenieur, er baut Brücken und ist ziemlich viel unterwegs. Seit letztem Jahr wohnt er mit seiner Freundin zusammen. Sie heißt Silja, und sie will ein Kind von ihm.»

Gus macht große Augen. «Wie? Hat sie dir das etwa erzählt?»

Ich kichere. «Nee! Ich habe gehört, wie meine Tante es Mama erzählt hat. Manche Erwachsene denken ja immer noch, wir kriegen nichts von dem mit, was sie reden, selbst wenn wir direkt danebensitzen.»

«Würde es dir denn was ausmachen?», fragt Gus. «Ich meine, wenn du noch einen kleinen Bruder oder eine Schwester bekommen würdest?»

«Halbbruder oder Halbschwester», verbessere ich. «Keine Ahnung.»

So, darüber will ICH jetzt nicht reden! Eigentlich will ich noch nicht mal darüber nachdenken. Es war blöd von mir, das Thema anzuschneiden.

Außerdem fühlt es sich plötzlich komisch an, mit Gus in Mamas Schlafzimmer zu stehen. Wir sollten hier nicht herumschnüffeln. Das ist irgendwie Mamas privater Bereich ...

Gerade will ich Gus sagen, dass wir uns jetzt mal wieder in mein Zimmer verziehen, als mein Blick an einem kleinen Stapel gelber Broschüren hängenbleibt.

Cool in 10 Tagen! So werden Sie im Job souverän und sicher!

Oh, das klingt ja interessant! Auch wenn ich nicht genau weiß, was ‹souverän› eigentlich bedeutet. Wahrscheinlich so was wie selbstsicher auftreten. Dann wäre das ja was für uns! Ob wir uns eine Broschüre nehmen dürfen? – Bestimmt! Ich darf nur nicht vergessen, Mama Bescheid zu sagen. Sie flippt immer aus, wenn ich an ihre Sachen gehe!

«Das sind meine ARBEITSUNTERLAGEN, Juli! Davon leben wir! Damit bezahlen wir unsere MIETE!»

Vor ein paar Jahren habe ich mal Papiere von einem *Klienten* von Mama als Malunterlage benutzt. Da ist sie echt komplett durchgedreht! Aber es war natürlich wirklich doof, weil ich ziemlich über den Rand gemalt hatte und wir die Spuren der Wachsmalstifte nicht mehr richtig von den Papieren abgekriegt haben. Seitdem bin ich vorsichtig.

«Was willst du denn damit?» Gus deutet auf die Flyer.

«Ach, nur mal reinschauen! Komm, du darfst dich in meinen Hängesessel setzen, und ich lese ein bisschen daraus vor.» Ich kichere. «Vielleicht können wir ja doch lernen, wie man cool wird!»

«Quatsch, guck mal, darin geht's doch um Leute, die Probleme bei der Arbeit haben, mit ihrem Chef oder so.»

«Ist doch egal! Lass uns trotzdem mal reinlesen! ‹Cool in 10 Tagen› – Hey, wär doch toll, wenn das klappt, oder?»

Als Gus wieder gemütlich in meinem Sessel schaukelt, berichte ich ihm von meinem gestrigen Gespräch mit Mama. «Ich glaube, die meisten Menschen möchten gern cool rüberkommen, nicht nur wir! Auch die Erwachsenen wollen selbstbewusst und lässig wirken und angesagt sein», erkläre ich. «Und wenn man das echt in 10 Tagen lernen kann ... Das wär doch der Wahnsinn!»

«Dann lies halt vor!» Gus gibt seufzend nach. «Aber sei nicht sauer, wenn ich dabei einschlafe!

«Das wirst du schon nicht!» Ich setze mich zurecht und beginne. «Also: *Stressige Situationen gibt es im Job zur Genüge. Nicht immer ist es leicht, die Nerven zu behalten und souverän zu reagieren. Da stellt sich die Frage: Akzeptieren oder ändern? Wir sagen: Ändern!*

Mit einigen einfachen Übungen kannst du in kurzer Zeit lernen, stets einen kühlen Kopf zu behalten, sicher und selbstbewusst aufzutreten und dir nicht die Butter vom Brot nehmen zu lassen, wenn dein Chef schon wieder Überstunden ansetzt oder die lieben Kollegen nerven. Wer souveräner auftreten will, muss üben, sich in schwierigen Situationen anders zu verhalten als bisher. Denn: Ändert sich das Verhalten, ändert sich nach und nach auch deine innere Haltung. Du wirst ganz von selbst ‹cool›.»

«Wann kommen die denn endlich zu den Übungen?», unterbricht mich Gus maulend.

«Jetzt sei nicht so ungeduldig!» Ich blättere um. *«Dein Trainingsgebiet muss nicht gleich der Arbeitsplatz sein. Wer lernen will, öfter nein zu sagen, kann auch im Supermarkt üben: Antworte einfach mal nein, wenn die Verkäuferin an der Käse-Theke fragt, ob es noch ein bisschen mehr sein darf.»*

Gus verdreht die Augen. «Wenn ich zehn Gramm Gouda weniger kaufe, soll ich cool werden?»

«Hast du so was denn schon mal gemacht?», frage ich.

«Nee, ich esse keinen Käse. Und einkaufen gehen meine Eltern. Aber das ist doch nun wirklich easy!»

Gus reißt die Klappe ja ganz schön weit auf! Aber davon lasse ich mich jetzt mal nicht beirren, ich lese weiter:

«Eine wichtige Voraussetzung für den optimalen beruflichen Auftritt ist Selbstsicherheit. Gelingt es dir, offen auf deine Mitmenschen zuzugehen? Falls nicht, kannst du auch dies im Alltag trainieren: Sprich fremde Menschen auf der Straße an, frag sie nach dem Weg oder beginne einfach ein nettes Gespräch! Das Ergebnis wird dich überraschen!»

«Also echt jetzt ...» Gus schüttelt den Kopf. «Das ist doch auch total einfach! – Und dadurch soll man cool werden? So'n Quatsch!»

Ich zucke die Achseln. «Wenn das alles so *easy* ist, können wir dieses ‹Cool-in-10-Tagen›-Training ja mal ausprobieren – wir bauen die Aufgaben einfach ein bisschen um, sodass sie für uns passen.»

«Das meinst du nicht ernst, oder?» Gus hat aufgehört zu schaukeln und blickt mich entgeistert an.

«Warum denn nicht? Das ist doch lustig! – Hör mal weiter, die Aufgaben werden natürlich nach und nach schwerer: *Nun bring dich in eine Situation, in der du plötzlich im Mittelpunkt der allgemeinen Aufmerksamkeit stehst: Zieh dir ein ungewöhnliches Outfit an und geh damit durch die Fußgängerzone! Bitte die Leute in der Supermarkt-Schlange, dich vorzulassen! Setz dich immer in die erste Reihe, anstatt dich hinten zu verstecken! Misch dich in eine heikle Diskussion ein und vertritt deinen Standpunkt energisch! Sammle auf der Straße Geld für einen guten Zweck!*» Ich muss Luft holen. «Das klingt schon nicht mehr so easy, oder? Das muss man sich alles erst mal trauen!»

Gus nickt. «Allerdings! Aber das mit dem ‹ungewöhnlichen Outfit› habe ich schon erledigt. Oder zählt der Lederhosen-Auftritt bei meiner Einschulung etwa nicht?»

«Doch, meinetwegen», gestatte ich großzügig. «Dafür

gibt es einen Bonuspunkt. Obwohl die Geschichte eigentlich verjährt ist.» Ich stutze. «Moment mal, heißt das jetzt, du bist bereit, das ‹Cool in 10 Tagen›-Programm mit mir durchzuziehen?»

«Ich weiß nicht ...», sagt er zögernd.

Okay, Gus ist noch nicht überzeugt. Ich muss es schaffen, ihn zu überreden! Keine Ahnung, wieso mir das plötzlich so wichtig ist. Aber ich hab so ein Kribbeln im Bauch: Dieses Coolness-Programm kann etwas verändern, ich fühle es!

«Wir müssen ja nicht genau die Aufgaben aus der Broschüre übernehmen», sage ich. «Wir überlegen uns selber welche, immer abwechselnd!»

Gus zieht eine Grimasse. «Glaubst du echt, dass das funktioniert?»

«Keine Ahnung.» Ich zucke die Achseln. «Aber ich finde, wir könnten es wenigstens versuchen. Ich meine, was kann schlimmstenfalls passieren?»

(Diese Frage habe ich von Oma. Wenn sie vor etwas Angst hat, fragt sie sich immer: Was kann schlimmstenfalls passieren? Und meistens fällt ihr dann gar nichts wirklich Schlimmes ein. Behauptet Oma.)

«Na ja, zum Beispiel, dass wir uns bis auf die Knochen blamieren?», schlägt Gus vor.

«Wir können jederzeit aufhören», sage ich. «Wir stellen uns die Aufgaben ja selber. Und wir werden uns bestimmt keine hirnlosen Mutproben wie ‹Traust-du-dich-mit-verbundenen-Augen-über-die-Straße-zu-gehen› ausdenken.»

Gus nickt.

Ich zögere einen Moment, aber dann beschließe ich, ganz offen zu sein. «Ich würde mich einfach gerne ein bisschen mehr trauen», gebe ich zu. «Manchmal fühle ich mich irgendwie unsichtbar, du nicht auch?»

«Doch», gibt er zu. «Aber ich kann mir einfach nicht vorstellen, dass man das üben kann. Cool und witzig und selbstbewusst sein ... Manche haben das eben einfach drauf – und andere nicht.»

«Du meinst: WIR haben es einfach nicht drauf?»

Gus zuckt die Achseln. «Keine Ahnung! Anscheinend nicht, oder?»

«Wenn wir es nicht probieren, werden wir es nie erfahren», sage ich.

«Da hast du recht.»

Ich kann richtig sehen, wie es in Gus arbeitet. Klar, die Idee ist ja wirklich ein bisschen verrückt, das weiß ich selber! Wenn Gus den Vorschlag gemacht hätte, wäre ich vielleicht diejenige, die ihm einen Vogel zeigt. Aber jetzt will ich es unbedingt! Cool in 10 Tagen ...

«Wenn du mitmachst, darfst du auch immer in meinem Hängesessel sitzen», versuche ich Gus zu locken.

Das ist nun wirklich ein großzügiges Angebot!

Und es zieht tatsächlich. Das oder meine sensationelle Überredungskunst. Jedenfalls nickt Gus ergeben.

«Okay! Wenn es dir so wichtig ist – du hast gewonnen: Wir machen es! Aber wir legen die Aufgaben zusammen fest. Und das Ganze dauert wirklich nur ...»

«... zehn Tage, versprochen!»

6

Wir legen direkt los. Mit der sogenannten *Einsteigerübung für mehr Selbstbewusstsein.* Ohne Selbstbewusstsein geht nämlich gar nichts, steht in der Broschüre. Am Anfang sollen ein paar einfache Körperübungen gemacht werden:

Aufstehen (Gus muss seinen bequemen Hängestuhl verlassen), gerade hinstellen und dabei das Gewicht gleichmäßig auf beide Beine verteilen, Schultern straffen, Kopf hoch und den Brustkorb nach vorne schieben.

«Nimm die Hände aus den Hosentaschen!», fordere ich Gus auf.

«Wieso?»

«Weil du dich dadurch hängen lässt. Merkst du das nicht?»

«Klar, aber die Coolen haben doch auch immer die Hände in den Hosentaschen!»

Da ist was dran. «Stimmt, aber die SIND ja auch schon cool. Wir üben noch. Also los!»

Gus seufzt, macht aber, was ich sage. «Und jetzt?», fragt er.

Also echt, bin ich hier die Coolness-Lehrerin, oder was?

Ich überfliege rasch den nächsten Absatz in der Broschüre. «Jetzt müssen wir uns länger in die Augen gucken.»

«Äh, okay – und wie lange?»

«Lange!»

So lange wird es dann doch nicht, weil es keine zehn Sekunden dauert, bis wir beide laut losprusten.

Gus schnappt nach Luft. «Ich komme mir total bescheuert vor!», erklärt er, als wir wieder halbwegs sprechen können.

«Quatsch! Sieht doch keiner! Komm, wir versuchen es noch mal!»

«Na dann ...»

Es braucht zwei weitere Versuche, bis wir es schaffen, uns länger als ein paar Sekunden gegenüberzustehen und in die Augen zu schauen. Aber irgendwann fällt es leichter. Gus hat schöne Augen, grau mit kleinen braunen Sprengseln drin und einem dunklen Kreis um die Iris.

«Deine Wimpern sind voll lang!», sage ich und starre ihn weiter an.

«Findest du?» Er wird ein bisschen rot.

«Ja, du hast richtige Mädchenwimpern.»

Es ist schwer zu sprechen, wenn man sich so fest in die Augen sieht. Das müsst ihr mal ausprobieren! Man muss sich nämlich echt konzentrieren, um den Blick zu halten.

Aber nach einer Weile ist es gar nicht mehr unangenehm, sondern eigentlich ganz schön.

«Ich glaube, das reicht», sage ich.

Wir setzen uns wieder hin - und sind mit einem Mal beide verlegen.

Gus räuspert sich. «Und was jetzt?»

Ich vertiefe mich schnell wieder in die Broschüre. «Da gibt's noch eine zweite Einsteigerübung. Die klingt aber ziemlich bescheuert.»

«Lies trotzdem vor!»

Meinetwegen. *«Mit einem Lächeln im Gesicht fühlen wir uns automatisch gut»*, lese ich vor. *«Was die wenigsten wissen: Schon das Heben der Mundwinkel ruft gute Laune hervor. Probier es einfach aus und verzieh den Mund zu einem breiten Lächeln! Steck dir einen Stift zwischen die Zähne, und zwar so, dass du ihn dabei weder mit der Zunge noch mit den Lippen berührst. Harre eine Minute lang so aus - und freu dich über die Wirkung!»*

«Ernsthaft?» Gus rollt mit den Augen. «Das klingt ja wirklich total bescheuert!»

«Machen wir es trotzdem?»

«Klar!» Gus ist schon dabei, auf meinem Schreibtisch nach zwei Stiften zu suchen, die wir uns dann nach Anweisung zwischen die Zähne klemmen.

Ich gucke Gus fragend an. «Meinen die dasch scho?»

Er nickt. Sprechen ist in der Tat schwierig. Lachen auch!

Wir schaffen es trotzdem. Gus sieht einfach zu dämlich aus mit dem Stift zwischen den gebleckten Zähnen, ich bestimmt nicht weniger. Als die Minute rum ist, haben wir beide Lachtränen in den Augen.

«Siehst du, es klappt!», sage ich kichernd. «Man kriegt automatisch gute Laune!»

Gus grinst. «Aber wer sich dafür einen Stift zwischen die Zähne klemmen muss ...! Okay, erledigt! Und jetzt?»

«Jetzt überlegen wir uns die erste Aufgabe! Also, die erste richtige Aufgabe. Ich kann anfangen, wenn du willst!»

Gus nickt. «Meinetwegen! Aber mach's nicht gleich so schwer!»

«Keine Sorge!» Ich blättere in der Broschüre. «Hier ist eine leichte Anfängeraufgabe, die wir übernehmen können: *Mach einem Menschen, den du nur oberflächlich kennst, ein ehrliches Kompliment! Die Reaktion wird dich überraschen!*»

«Wie? Und dadurch sollen wir lernen, cool zu werden?», fragt Gus ungläubig.

«Durch Meckern und Zweifeln bestimmt nicht!», sage ich. «Denk mal nach: So ein richtig cooler Typ wie James Bond überlegt nie, ob er das Richtige tut. Der wälzt sich auch nicht grübelnd im Bett. Der macht einfach! Und wir haben gerade verabredet, es durchzuziehen! Also!»

Zugegeben, uns beide mit 007 zu vergleichen, war jetzt gewagt. Aber es zieht anscheinend.

«Schon gut, ich sag ja nichts mehr!» Gus winkt ab. «Ich habe nur keinen blassen Schimmer, wem ich ein ‹ehrliches Kompliment› machen könnte.»

«Ich schon!»

«Echt?» Gus sieht mich erstaunt an. «Wem denn?»

Ich grinse. «Wird nicht verraten!»

«Manno! – Familie gilt nicht, das ist ja wohl klar!»

Also bitte! Was denkt der denn von mir?

«Natürlich nicht! Traust du mir so wenig zu?» Ich stehe auf. «Dann legen wir mal los, oder?» Jetzt will ich die Sache schnell hinter mich bringen.

Aber Gus schüttelt den Kopf. «Nee, ich bin dafür, dass jeder seine Aufgaben alleine löst und wir uns hinterher erzählen, wie es gelaufen ist.»

Eigentlich hat er recht. Ich glaube, ich will mich auch lieber unbeobachtet fühlen, wenn ich in Aktion trete. Das macht es leichter. Außerdem wäre es blöd, wenn wir plötzlich mitten in einer Übung loslachen müssen, weil wir uns total bescheuert vorkommen.

Es dauert dann doch noch eine halbe Stunde, bis ich lostrabe. Gus scheint tatsächlich ein bisschen neidisch zu sein, weil ich direkt eine Idee aus dem Hut zaubern konnte und jetzt so zielgerichtet starte.

Ich steuere die Bäckerei am Marktplatz an, die den besten Butterkuchen der ganzen Stadt macht, wie Mama immer meint. Und genau das werde ich der Verkäuferin jetzt sagen. Die ist supernett, und sie kennt mich seit Jahren. Ha, das wird ein Kinderspiel! Wenn ich pfeifen könnte, würde ich jetzt gaaanz lässig vor mich hin trillern.

Ups, da fällt mir ein: Ich hab ja gar kein Geld dabei! Die Aktion wäre natürlich bedeutend entspannter, wenn ich direkt ein Stück Butterkuchen kaufen und dabei das Kompliment wie zufällig fallenlassen könnte! – Egal, als künftige Meisterin der Coolness kriege ich das auch so hin.

Schwungvoll öffne ich die Ladentür und bekomme direkt den ersten Dämpfer. Statt der freundlichen molligen Verkäuferin, die ich seit Jahren kenne, steht eine rothaarige mit einem strengen Dutt hinter dem Kuchentresen. Oje, die sieht ja nicht halb so nett aus wie die andere! Ist sie auch nicht. Das wird klar, als sie die Kundin vor mir bedient. Ob ich einfach wieder gehe? Nein, das sieht ja auch blöd aus. Ich ziehe das jetzt durch. Über ein nettes Kompliment freut sich schließlich jeder. Himmel, die Kundin vor mir lässt sich ja reichlich Zeit bei der Auswahl: Himbeerschnitte? Donauwelle? Oder doch lieber der Bienenstich? Ist der auch frisch? (Oooh, ganz falsche Frage! Die rothaarige Verkäuferin guckt beleidigt. Natürlich sei hier «alles frisch»!)

Langsam werde ich doch etwas nervös! Als ich endlich an der Reihe bin, warten hinter mir bereits zwei weitere

Kunden, eine ältere Dame und ein junger Typ. Auch das noch! Jetzt fühle ich mich total beobachtet. Ob ich doch lieber wieder verschwinde und später wiederkommen, wenn es hier leer ist?

Zu spät.

Jetzt hat mich die Verkäuferin im Visier. «Was darf's sein?», leiert sie lustlos.

«Ich ... äh ... ich will eigentlich gar nichts kaufen», stammele ich.

Ups, was rede ich denn da? Ich hätte anders anfangen sollen!

Die Rothaarige runzelt bereits die Stirn und mustert mich misstrauisch. «Sondern?»

Ich richte mich auf und straffe die Schultern, so wie wir es gerade geübt haben. Dann hole ich tief Luft. Ich sage jetzt einfach rasch, was ich mir vorgenommen habe, und dann bin ich hier blitzschnell wieder raus.

«Ich wollte einfach nur sagen, wie wahnsinnig lecker Ihr Butterkuchen schmeckt», rattere ich atemlos herunter. «Er ist der beste der ganzen Stadt!»

Die Verkäuferin starrt mich verständnislos an. «Ja? Und?», fragt sie unwirsch.

Bitte? Was soll das denn?! Darauf war ich jetzt nicht eingestellt. Gut, in der Broschüre stand: *Die Reaktion wird dich überraschen!* Aber darunter hatte ich mir etwas anderes vorgestellt.

«Nichts und›», stammele ich. «Das w-w-wollte ich Ihnen einfach nur mal sagen!»

Oje, seit wann stottere ich denn??! Das ist ja peinlich!

Die Rothaarige stemmt die Arme in die Hüften und beugt sich vor. «Sag mal, willst du mich verschaukeln, Kleine?», blökt sie. «Das wäre nämlich ziemlich frech. Ich ARBEITE hier! Und die anderen Kunden haben ihre Zeit auch nicht gestohlen, die wollen WIRKLICH etwas kaufen!»

«Na, na», mischt sich die ältere Dame hinter mir besänftigend ein. «Vielleicht hat die Kleine einfach nur sehr großen Appetit auf ein Stück Butterkuchen.» Sie lächelt mich freundlich an. «Du hast wohl kein Geld, Mäuschen?»

Ich schüttele den Kopf. «Nein. Äh, ich meine, ja ... äh ... also, ich brauche auch kein Geld. Ich wollte wirklich nur sagen –»

«Wenn jeder, der hier reinkommt, seinen Kuchen umsonst haben will, nur weil der so gut schmeckt, dann könnten wir den Laden bald zumachen!», trötet die Rothaarige. «Das wäre ja noch schöner! Wir müssen schließlich auch von etwas leben!»

«Nun seien Sie doch nicht so garstig», sagt die ältere Dame vorwurfsvoll.

Die Verkäuferin schnappt nach Luft. «Was soll das denn heißen? Ich habe hier lediglich –»

Doch die alte Dame beachtet sie gar nicht mehr. Sie lächelt mir zu. «Weißt du was, Mädel, ich kaufe dir jetzt ein Stück Butterkuchen! Ja, das mache ich!» Schon hat sie ihre Geldbörse gezückt und beginnt, die Münzen abzuzählen.

Oh nein, was mache ich denn jetzt?

«Danke, aber das ist wirklich nicht –», setze ich an.

«Kein Aber!» Die ältere Dame winkt lächelnd ab, während die Verkäuferin bereits mit grimmiger Miene ein Stück Butterkuchen auf einen Pappteller pfeffert und widerwillig eintütet.

Jetzt mischt sich auch noch der junge Typ mit den Löchern in den Ohren ein. «Hey Omi, ich hab auch nicht viel Kohle! Spendierst du mir eine Rumkugel?»

«Ich muss doch sehr bitten!», sagt die ältere Dame empört. «Ich bin nicht Ihre Omi, und Ihre Rumkugel bezahle ich schon gar nicht!»

«Sehen Sie», sagt die Verkäuferin schadenfroh, während sie mein Butterkuchen-Paket auf den Tresen knallt. «Das kommt davon! Jetzt denkt jeder, hier gibt's was umsonst!»

«Umsonst ja wohl eher nicht», kontert die ältere Dame spitz. «Ich bezahle den Kuchen für das Kind hier schließlich! – Und er ist nicht günstig, nebenbei bemerkt. Aber Sie», sie mustert den jungen Typen von Kopf bis Fuß, «Sie sparen sich mal das Geld für diese … diese Tätowierungen und diese merkwürdigen Ohrenringe. Dann können Sie sich Ihren Kuchen auch selber kaufen. Ich bin schließlich nicht die Heilsarmee.»

Der Tätowierte schnappt nach Luft wie ein Karpfen.

«Darf's sonst noch etwas sein?», fragt die Verkäuferin, bevor der Rumkugel-Freund seine Sprache wiedergefunden hat.

«Danke, das war's!» Die alte Dame verstaut ihre Geldbörse bereits wieder in der Tasche. «Mein Brot kaufe ich woanders! Auf Wiedersehen!» Sie wendet sich zum Gehen, jedoch nicht ohne mir noch ein kleines Lächeln zu schenken. «Vergiss deinen Butterkuchen nicht, mein Kind!»

Ich nicke und sehe ihr beeindruckt nach.

Ziemlich cooler Abgang – also, der von ihr, nicht meiner ...

7

Gus kriegt sich nicht mehr ein, als ich ihm am nächsten Tag von meinem Bäckerei-Auftritt erzähle.

«Super!», japst er. «Perfekt gelaufen, würde ich sagen!»

«Immerhin habe ich ein Stück Butterkuchen bekommen», verteidige ich meine erste Coolness-Aktion. «Auch, wenn es wahrscheinlich für lange Zeit das letzte war. In den Laden traue ich mich doch nie mehr rein ... jedenfalls nicht, wenn die rothaarige Schreckschraube hinter dem Tresen steht.»

Gus und ich traben Seite an Seite durch den Stadtpark und ziehen dabei Miss Elli hinter uns her (natürlich ziehen wir sanft!). Miss Elli ist die leicht übergewichtige ältere

Dackel-Dame der Nachbarin im Erdgeschoss, die ich hin und wieder ausführe (die Dackel-Dame, nicht die Nachbarin!).

Als ich Mama letztes Jahr rund um die Uhr damit genervt habe, dass ich UNBEDINGT und ganz dringend einen Hund haben muss, um den ich mich auch ganz bestimmt GANZ ALLEIN kümmern würde, hat Mama gemeint, dass ich erst mal zeigen soll, wie groß mein Interesse wirklich ist, indem ich einen Hund aus der Nachbarschaft ausführe. (Hatte ich schon erwähnt, dass man gegen Mama in Diskussionen nicht den Hauch einer Chance hat? Sie gewinnt immer. IMMER!). Leider war der einzige in Frage kommende Vierbeiner in unserer Nähe Miss Elli. Miss Elli ist kurzbeinig, kurzatmig und etwa 120 Jahre alt. Sie pupst ebenso gern wie häufig, und im Winter trägt sie ein Mäntelchen.

«Willst du sie nicht mal frei laufen lassen?», fragt Gus.

«Kann ich machen, aber dann brauchen wir die dreifache Zeit», gebe ich zu bedenken. «Außerdem setzt sie ihr Häufchen garantiert mitten auf den Weg.»

Hundehäufchen einzusammeln gehört eindeutig zu den uncoolsten Aktionen, die man sich vorstellen kann. Hundehäufchen liegen zu lassen aber auch. Vor allem, wenn man dabei erwischt wird ... Aber letztlich macht es keinen großen Unterschied, weil Miss Elli sowieso der uncoolste Hund der Welt ist. Ich hatte schon überlegt, ob es was bringen würde, wenn ich ihr so ein freches rotes Halstuch umbinde, das bei schwarzen Mischlingshunden immer wahnsinnig lässig aussieht. Aber bei Miss Elli würden sich wahrscheinlich alle nur fragen, ob der Hund zum Kostümfest geht oder Halsschmerzen hat.

Genug von Miss Elli! Ich sehe Gus erwartungsvoll an. «Und jetzt erzähl endlich, wie es bei dir gelaufen ist!»

«Ach, das war gar nichts Besonderes!»

Gus' Kompliment-Verteilung scheint tatsächlich ganz easy gewesen zu sein. Er berichtet, dass er dem Umzugsunternehmer, der am Abend die leeren Kartons abgeholt hat, gesagt hat, dass er ja echt total viel schleppen kann. «... und dass ich gestaunt habe, wie schnell der ganze Umzug ging! Das war's!»

Oh, das klingt ja richtig erwachsen! «Und wie hat er reagiert?»

Gus zuckt die Achseln «Ich glaube, er war ein bisschen erstaunt, aber er hat sich gefreut.»

«Komisch, dass sich die Leute immer wundern, wenn man ihnen was Nettes sagt, oder?», überlege ich.

Gus nickt. «Oder sie machen es runter. Marke: Schön, dass dir mein Kuchen schmeckt, aber der geht wirklich total einfach. Den kann jeder!»

«Und das Kleid, das du gerade gelobt hast, ist ein uralter billiger Fetzen, und Grün steht mir eigentlich gar nicht», ergänze ich in affektiertem Ton.

Gus prustet los. Er hat ein lautes glucksendes Lachen, in das man sofort einstimmen möchte.

«Deine Zahnlücke find ich übrigens echt cool», sage ich etwas unvermittelt. Man muss das mit den überraschenden Komplimenten ja auch mal in der freien Wildbahn ausprobieren. «Die sieht total witzig aus!»

Gus hört abrupt auf zu lachen. «Meinst du das ernst?», fragt er, und es klingt tatsächlich eine Spur misstrauisch. «Ich will unbedingt eine Zahnspange, damit sich diese doofe Lücke endlich schließt.»

Tja, das ist wohl danebengegangen! Anscheinend reagiert man in unserem Alter auch nicht besser auf überraschende Komplimente als die Erwachsenen …

Nachdem wir Miss Elli abgeliefert haben, setzen wir uns in Gus' Zimmer und vertiefen uns in die ‹Cool in 10 Tagen›-Broschüre.

«Die nächste Aufgabe darfst du festlegen», erinnere ich Gus.

«Weiß ich», murmelt er, während er die Seiten überfliegt. «Und ich glaub, ich hab schon was!» Er liest vor: *«Eine wichtige Voraussetzung für deinen optimalen Auftritt ist Selbstsicherheit. Um deine Stärken lässig präsentieren zu können, musst du deine Schüchternheit ablegen. Dazu solltest du lernen, offen auf deine Mitmenschen zuzugehen. Das kannst du üben! Sprich beispielsweise Passanten auf der*

Straße an, frag nach der Uhrzeit oder nach dem Weg oder verwickele sie in ein kurzes Gespräch!»

«Alles klar, das machen wir!» Ich nicke. «Dabei kann ja nun echt nicht viel schiefgehen!»

Obwohl ich das bei der Aufgabe mit dem Kompliment auch gedacht habe und dann ... Egal, Schwamm drüber! Lieber nach vorne blicken!

Ha, habt ihr es gemerkt? Gus und ich versuchen, auch ein paar der allgemeinen Tipps aus dem ‹Cool-in-10-Tagen›-Programm umzusetzen. Wir erinnern uns gegenseitig daran, gerade zu stehen (ein Piks zwischen die Schulterblätter des anderen wirkt Wunder), wir lassen den Kopf nicht hängen (im wahrsten Sinne des Wortes), und wir versuchen, einander beim Reden in die Augen zu sehen. Ja, ich weiß, ihr denkt, das tut man ganz automatisch. Stimmt aber nicht! Achtet mal drauf! Ich habe jedenfalls gemerkt, dass ich überall hingucke, wenn ich mit jemandem spreche, nur nicht dem anderen ins Gesicht. Das ist nämlich gar nicht so einfach! Also habe ich angefangen zu üben, aber dabei wohl ein bisschen übertrieben. Als wir heute Nachmittag Miss Elli bei Frau Aalfeld abgeliefert haben, fragte die mich jedenfalls, ob ich was im Auge habe oder ob Miss Elli irgendetwas angestellt hat, weil ich so komisch gucke.

Da scheint also noch Luft nach oben zu sein. ‹Luft nach oben› ist ein Ausdruck, den Papa gern verwendet, wenn er meint, dass etwas noch besser geht. Ich weiß auch nicht, warum er das so umständlich formuliert, aber es klingt natürlich interessanter.

Bei Mama habe ich das mit dem In-die-Augen-Sehen auch schon ausprobiert. Mit dem Ergebnis, dass sie direkt einen Termin beim Augenarzt vereinbaren wollte, weil ich so ‹angestrengt gucke›. Mama achtet immer auf meine Gesundheit. Sie sagt, sie will nichts falsch machen, weil sie ja jetzt alleinerziehend ist. Was so natürlich gar nicht stimmt, denn Papa erzieht mich ja auch noch, wenn auch nur mal am Wochenende. Ich finde ja sowieso, dass ‹Erziehung› ein total doofes Wort ist. Es klingt so, als würden Kinder hin- und hergezerrt und zurechtgebogen, bis sie die richtige Form haben. Da sollte echt mal ein besserer Ausdruck erfunden werden!

Jetzt aber zurück zu meinen Augen: Irgendwann hat Mama sogar Buchstaben auf einen Block geschrieben und mir die Zettel in verschiedenen Abständen vor die Nase gehalten. Zum Glück konnte ich alle ohne Probleme lesen, und Mama hat sich wieder beruhigt.

Trotzdem ist bei der Sache mit dem ‹In-die-Augen-Gucken› noch Optimierungsbedarf (Stichwort: Luft nach oben). Aber ich denke, das sind typische Anfängerfehler, davon lasse ich mich als künftige Zen-Meisterin der Coolness natürlich nicht entmutigen.

8

Bevor ich losziehe, um unsere zweite Aufgabe anzugehen, überlege ich, ob ich dafür richtig angezogen bin. Normalerweise mache ich mir über mein Outfit nicht viele Gedanken (okay, außer in meiner Prinzessinnen-Phase). Aber da ich heute vorhabe, Leute auf der Straße anzusprechen, sollte ich möglichst *adrett* aussehen. (*Adrett* bedeutet, dass man etwas Hellblaues oder Roséfarbenes trägt, mit weißem Kragen, in dem man sich fühlt wie ein Idiot. Früher hat mir Oma öfter solche Sachen geschenkt. Aber irgendwann hat sie es aufgegeben.) Da ich nichts Derartiges besitze, schlüpfe ich in mein neues weißes Shirt mit den zarten roten Streifen, das geht zumindest in die adrette Richtung.

Dieses Mal laufe ich nicht zum Marktplatz, sondern die Kantstraße hinunter. Ich habe nämlich keine Lust, ins Blickfeld der rothaarigen Bäckerei-Schreckschraube zu geraten. Und ich will auch nicht der netten Butterkuchen-Omi begegnen! Die hält mich sonst noch für eine Art jugendliche Streunerin.

Mal sehen ... wie fange ich denn an? Und vor allem:

Welche Frage stellt man Leuten, die man auf der Straße anspricht? Klar, am besten die nach der Uhrzeit! Das ist unkompliziert und geht schnell.

Glaube ich jedenfalls.

Da, die Frau mit den braunen Locken, die sieht nett aus! Kurzentschlossen stürme ich auf sie zu. Ups, das war wohl etwas ZU entschlossen! Der Frau weicht erschrocken zurück. Hat sie etwa gedacht, ich will ihr die Handtasche klauen?

Ich setze mein freundlichstes Lächeln auf, um zu zeigen, dass ich nichts Böses im Sinn habe. «Entschuldigung, können Sie mir vielleicht sagen, wie viel Uhr es ist?»

Die Frau seufzt. Erst jetzt fällt mir auf, dass sie schwer bepackt ist. An ihren Armen baumeln mehrere prallgefüllte Tüten. Wie konnte ich das übersehen? Mist, ich hätte jemand anders fragen sollen! Aber jetzt ist es zu spät. Die Frau versucht bereits tapfer, alle Tüten mit einer Hand zu fassen, um mit der anderen nach ihrem Handy zu angeln. Klar, viele Leute tragen ja gar keine Armbanduhr mehr, sondern gucken aufs Handy, wenn sie die Uhrzeit wissen wollen. Daran hatte ich nicht gedacht. Ob ich anbieten soll, die Tüten kurz für sie zu halten? Vielleicht keine gute Idee, so wie sie eben vor mir zurückgewichen ist. Nachher denkt sie noch, ich will mit ihren Einkäufen durchbrennen!

«Ich ... äh ... kann auch jemand anders fragen», sage ich, nachdem ich der Frau eine Weile beim erfolglosen Suchen zugeguckt habe.

«Nein nein, ich hab das Ding ja gleich. Es muss hier irgendwo sein ... Ich weiß noch genau, wie ich eben ... Verdammt, wo ist es denn?» Auf ihrer Stirn bilden sich Schweißperlen, während sie mit der einen Hand wühlt und tastet und wühlt und mit der anderen krampfhaft die Tüten festhält. Oje, die Frau ist ja total im Stress! Wegen mir!! Weil ich cool sein will! Also cool werden will. Ich weiß auch gerade nicht mehr, was das eine mit dem anderen zu tun hat.

Als sie ihr Handy nach gefühlten zehn Minuten auf

dem Grund ihrer walfischgroßen Handtasche gefunden hat, bin ich mindestens so erleichtert wie sie.

«Vier durch», meldet die Frau schnaufend.

«Vier durch?», wiederhole ich verwirrt.

Was meint sie?

«Na, die Uhrzeit! Du wolltest doch wissen, wie spät es ist!», erklärt die Frau irritiert.

Oh Mann, wie kann man denn so auf der Leitung stehen? Peinlich! «Äh ja, danke! So spät schon! Vielen Dank! Auf Wiedersehen!»

Anstatt zuzugucken, wie sie ihre sechs Tüten wieder seufzend auf beide Arme verteilt und davonschwankt, ergreife ich die Flucht.

Reicht das? Habe ich die Aufgabe damit erfüllt? Vermutlich nicht, man soll ja mehrere Leute ansprechen und spüren, dass es von Mal zu Mal leichterfällt, ganz offen und unbeschwert auf unbekannte Menschen zuzugehen. (Endlich erinnere ich mich wieder an den Sinn der Übung.)

Tja, ich bin da ja nicht so zuversichtlich ...

Als Nächstes frage ich einen älteren Herrn nach der Uhrzeit. Klappt perfekt! Er verkündet mir die Uhrzeit wie einen Lottogewinn. Auch die beiden Frauen und die Bürohengste im Anzug, die ich danach anspreche, sind hilfsbereit. Ich gucke jetzt immer genau hin, bevor ich jemand belämmere. Leute, die gestresst wirken, mit Kleinkindern unterwegs sind oder schwer bepackt, lasse ich außen vor. Und – oh Wunder! – ich werde tatsächlich immer lockerer, denn die meisten Angesprochenen reagieren echt freundlich.

Es wird allerdings höchste Zeit, meinen Standort zu wechseln! Einer der Anzugträger von vorhin kam eben den gleichen Weg zurück und kriegte mit, wie ich eine junge Frau ansprach. Sein Blick wurde sofort misstrauisch. Wahrscheinlich hält er mich jetzt für eine jugendliche Trickbetrügerin, die die Leute mit albernen Fragen ablenkt, während sie ihnen das Portemonnaie klaut. Also wirklich, auf was man alles achten muss bei dieser ganzen Coolness-Überei! Davon stand kein Wort in der Broschüre!

Also doch wieder Richtung Marktplatz. Da frage ich jetzt schnell noch jemand nach dem Weg (als Sahnehäubchen sozusagen), und dann war's das für heute. Das Cool-Werden soll ja nicht in Stress ausarten!

Ich blicke mich suchend nach einem geeigneten ‹Opfer› um. Da, die Frau mit dem gelben Seidentuch und den großen Perl-Ohrringen, die sieht nicht aus, als ob sie es sonderlich eilig hätte! Schon baue ich mich vor ihr auf.

«Entschuldigung, können Sie mir vielleicht sagen, wie ich … äh …» Oje! Ich hätte mir mal vorher überlegen sollen, wo ich angeblich hinwill! «… wie ich … äh … von hier aus zum Bahnhof komme?»

Ich beiße mir auf die Lippen. Warum habe ich denn jetzt ausgerechnet den Bahnhof als Ziel genannt? Nachher denkt die Frau noch, dass ich ausgerissen bin.

Anscheinend nicht! Das Perlhuhn, wie ich sie getauft habe, überlegt bereits angestrengt. «Tja, willst du zu Fuß gehen?»

Ich nicke und unterdrücke ein Kichern. Mein Auto ist leider gerade in der Werkstatt! Quatsch, sie meint natürlich, ob ich den Bus nehmen will. Dabei ist es wirklich nicht sonderlich weit zum Bahnhof. Den Weg kenne ich in- und auswendig. Mama und ich holen Oma immer dort ab, wenn sie uns besuchen kommt. Und einmal bin ich auch schon allein mit dem Zug zu ihr gefahren.

Das Perlhuhn holt tief Luft. «Also, zum Bahnhof gehst du erst mal hier die Straße herunter, bis zur – warte mal – zweiten Kreuzung, da gehst du links, dann sofort wieder rechts und dann ...»

Himmel, erklärt die das kompliziert! Wer soll sich das denn merken? Zum Glück muss ich es ja nicht. Ich schalte innerlich ab und lächele einfach freundlich.

Viel zu spät registriere ich, dass ein paar Meter weiter hinten Frau Aalfeld und Miss Elli angewackelt kommen. Hilfe, die kann ich ja jetzt überhaupt nicht brauchen!

Ich versuche, mich zu ducken. Das Perlhuhn unterbricht die ausufernde Wegbeschreibung und schaut mich besorgt an. «Ist dir nicht gut?»

«Doch, doch!» Ich richte mich rasch wieder auf, mache aber gleichzeitig einen Schritt zur Seite, um nicht mehr in Frau Aalfelds Blickfeld zu sein. Vorsichtig luge ich über die Schulter des Perlhuhns. Alles gut, jetzt bin ich in Sicherheit ... Puh!

Oh nein, ich habe Miss Ellis feine Hundenase unterschätzt! Meine dicke Dackel-Freundin entwickelt ausgerechnet heute ungeahnte Spürhund-Qualitäten. Begeistert schießt sie auf mich zu, um mich schwanzwedelnd zu begrüßen, gefolgt von Frau Aalfeld am anderen Ende der Leine.

«Oh, hallo Juli», begrüßt mich unsere Nachbarin freudig. «Gut, dass ich dich treffe! Bist du auf dem Weg nach Hause? Kannst du mir einen Gefallen tun und den Beutel mit den Kartoffeln hier tragen? Der ist doch arg schwer!» Sie hält mir den Beutel entgegen. «Wenn du vorlaufen möchtest, stell ihn einfach vor meine Tür!»

«Klar, kein Problem!» Ich greife nach dem Beutel.

Das Perlhuhn macht große Augen. «Ich dachte, du willst zum Bahnhof?»

«Schon ... äh ... aber nicht jetzt, vielleicht irgendwann mal», stottere ich. «Und dann ... ist es doch gut, wenn ich ... äh ... den Weg kenne.»

Himmel, klingt das bescheuert! Es ist peinlich! Nein, es ist mega-peinlich!

«Wie kommen Sie denn darauf, dass unsere Juli den

Weg zum Bahnhof nicht kennt?», mischt sich Frau Aalfeld ein, und es klingt fast ein bisschen empört.

Das Perlhuhn spitzt die Lippen «Nun, IHRE Juli hat mich eben danach gefragt!»

«Wirklich?» Frau Aalfeld schaut mich besorgt an. «Aber Juli, da warst du doch schon oft! Ist alles in Ordnung mit dir?»

«Ja, ja», versichere ich eilig. «Ich hatte nur kurz vergessen, wo der Bahnhof liegt. Aber jetzt ist es mir wieder eingefallen. Ich hatte wohl eine Art Aussetzer.» Ich kichere albern.

Lieber Himmel, kann ich mich bitte kurz mal in Luft auflösen?

Das Perlhuhn schüttelt den Kopf. «Offensichtlich ist das Kind total verwirrt! Das kommt doch alles davon, weil die Leute heute den ganzen Tag auf ihren Handys herumtippen und in den Computer gucken. Das macht die Kinder ganz wuschig! Schlimm ist das! Schlimm!» Sie wendet sich an Frau Aalfeld. «Sie kümmern sich um das Mädel, ja?»

Also bitte, ich bin doch kein Pflegefall!

Miss Ellis Frauchen nickt perplex. «Ja, sicher!»

Wir schauen dem davon eilenden Perlhuhn nach.

«Seltsame Frau», sagt Frau Aalfeld. «Sie wirkte selbst ein bisschen durcheinander, oder?» Unsere Nachbarin schüttelt den Kopf. «Na komm, Juli, dann gehen wir drei mal nach Hause. Oder wolltest du etwa tatsächlich zum Bahnhof?»

Nein danke, ich möchte jetzt nur noch nach Hause. Also echt: Wer hätte gedacht, dass diese Coolness-Übungen so nervenaufreibend sind ...?

9

Am nächsten Tag arbeitet Mama nur bis mittags. Sie will mit mir einkaufen gehen. Weil (ihr erinnert euch sicher?) ich ja frecherweise in letzter Zeit so gewachsen bin, dass mir alle Hosen zu kurz sind.

Ich könnte mir für meinen letzten Ferientag ja etwas Schöneres vorstellen, als in der Innenstadt herumzutigern, zum Beispiel in den Wildpark zu gehen oder ins Wellenbad. Das haben wir schon eine Ewigkeit nicht mehr gemacht! Aber dann lasse ich mich doch von Mama überreden: Erstens habe ich natürlich grundsätzlich nichts gegen neue Klamotten einzuwenden, und zweitens habe ich, wie schon erwähnt, bei Diskussionen mit Mama sowieso schlechte Karten. Ob das den Leuten in Mamas Büro auch so geht? Angeblich wird in ihrem Büro alles gaaanz freundlich und gaaanz ruhig ausdiskutiert. Wäre ja auch peinlich, wenn die dort andere Leute coachen, sich selbst aber in die Haare kriegen! Wobei Mamas Chef sowieso keine mehr hat, also Haare, meine ich.

Weil Mama keine Lust hat, mit dem Auto im Stau zu stehen, nehmen wir den Bus in die Stadt. Das gefällt mir.

Ich fahre gerne Bus. Da kann man prima Leute beobachten und überlegen, wo sie wohl gerade hinfahren. Die ältere Dame dort zum Beispiel, mit dem beigefarbenen Kostüm und dem rosa Lippenstift, trifft sich bestimmt im Café mit ihrer Freundin. Und die Frau mit den Einkaufstaschen, die ständig auf die Uhr guckt, muss ihr Kind vom Kindergarten abholen und ist schon zu spät dran. Der muffelige Junge vor mir fährt zum Geigenunterricht, und die beiden Mädels mit den toupierten Haaren und der dicken Schminke im Gesicht gehen shoppen, genau wie Mama und ich. Da fällt mir ein: Wo sollen wir unseren Einkaufsbummel überhaupt starten? Ich will Mama fragen, aber sie tippt natürlich mal wieder auf ihrem Handy herum.

«Moment noch, Schatz! Bin gleich so weit!»

Wahrscheinlich checkt sie ihr E-Mails. Das tut sie dauernd. Und ‹gleich› bedeutet: wenn wir aussteigen müssen.

Alles wie immer.

Ob ich es schaffe, nachher noch kurz bei Gus zu klingeln? Wir müssen uns doch noch über unsere zweite Aufgabe austauschen! Ich will wissen, was er die Leute gefragt hat und ob er vielleicht ähnlich schräge Situationen erlebt hat wie ich mit dem Perlhuhn.

Als der Bus hält, tippe ich Mama an. «Müssen wir hier nicht raus?»

«Oh!»

Wie von der Tarantel gestochen springt sie auf. Ehrlich, Mama kann ganz schön froh sein, dass ich so gut aufpasse!

Die Hosen für mich sind schnell gekauft. Wir gehen dafür immer in denselben Laden. Ich suche mir eine dunkelblaue Jeans aus und eine helle mit kleinen aufgestickten Blumen an den Seiten. Die geblümte ist echt superschön! Ich bin sofort schockverliebt (das sagt Stine, wenn sie etwas ganz toll findet. Von Stine erzähle ich später noch).

Erst scheint es die Blumenhose nicht mehr in meiner Größe zu geben, aber dann findet die Verkäuferin doch noch eine, auf dem Ständer vor den Umkleidekabinen. Juhu! Glücklich trage ich meine Beute zur Kasse. Ich muss Mama unbedingt dazu bringen, die Sachen gleich noch in die Waschmaschine zu stecken. Dann kann ich die Blumenjeans vielleicht morgen schon anziehen, zur Versüßung des ersten Schultags nach den Ferien.

«Fand ich toll, dass du selber gefragt hast, ob es die Jeans noch in deiner Größe gibt», sagt Mama, als wir wieder draußen sind.

Ups. «Wieso? Habe ich das sonst nicht gemacht?»

Mama schüttelt den Kopf. «Nein, bisher hast du dich so was nicht getraut. Da musste ich die Verkäuferin ansprechen.»

Mama hat recht. Zeigt das Coolness-Training etwa erste Wirkung? Kann eigentlich nicht sein! Bis jetzt ist bei den Übungen doch fast alles schiefgegangen!

Mama lächelt. «Mein kleiner Schatz wird groß! – So, wie wär's mit einem Eis? Oder bist dafür jetzt zu alt?»

Quatsch, als ob man für Eis je zu alt würde! Mama isst heute sogar eins mit Sahne und Karamellsauce. Hinterher besorgen wir die Sachen für die Schule, und dann will Mama noch «ganz rasch» ein paar Strümpfe für sich kaufen. Natürlich entdeckt sie auf dem Weg in die Strumpfabteilung diverse Blusen, Jacken und Hosen, die «wahnsinnig runtergesetzt sind». Oje, das kann dauern ...

«Ich schlüpf da nur mal eben kurz rein, ja?»

Zack! – ist Mama mit einem Berg Klamotten in der Umkleidekabine verschwunden, um alle paar Minuten in einem neuen Outfit wieder aufzutauchen.

«Guck mal, Juli, wie findest du die rote Hose? Die macht einen dicken Po, oder?»

Mama verrenkt sich vor dem Spiegel und versucht, einen Blick auf ihr Hinterteil zu werfen. Ich finde nicht, dass die Hose einen dicken Po macht. (Ich weiß sowieso nicht, wie das gehen soll. Ich meine, ein Po ist wie er ist, oder?) Aber Mama kauft die Hose trotzdem nicht, genauso wenig wie die roséfarbene Jeansjacke und das wahnsinnig günstige Shirt mit dem Leopardenmuster. Stattdessen eine weiße Bluse (vermutlich die zwölfte in ihrem Kleiderschrank).

Ich finde ja, Mama könnte sich viel bunter anziehen. Letztes Jahr hat sie ein echt tolles lila Kleid von Oma geerbt. Es ist aus einem glänzenden weichen Stoff, und natürlich hat Mama es noch NIE angehabt. Dabei steht es ihr richtig gut!

Als wir nach Hause kommen, ist es zu spät, um bei Gus zu klingeln. Sicher muss er auch noch seine Sachen für morgen packen. Für ihn ist es ja der erste Tag in der neuen Schule! Bestimmt hat Gus ein bisschen Bammel. Ich meine, so besonders toll ist es ja nicht, der ‹Neue› zu sein.

Für unsere nächste Aufgabe suche ich lieber mal was Einfaches aus … Ich schlage die Broschüre auf. Ah, hier ist was: *Ob in der Uni, bei einem Vortrag in der Firma oder im Fitnesskurs: Die meisten Menschen suchen sich einen Platz aus, wo sie möglichst nicht auffallen. Schluss damit: Stell dich in die erste Reihe! Setz dich mitten hinein! Beanspruche den besten Platz zur Abwechslung mal für dich! Ja, das fühlt sich zuerst ungewohnt an, stärkt aber auf Dauer dein Selbstbewusstsein, wetten?*

Na ja, darauf würde ich lieber nicht wetten. Aber wir können es ja mal ausprobieren. Ich notiere Gus die neue Aufgabe auf einen Zettel, schreibe aber dazu, dass er sie nicht sofort umsetzen muss. Dafür muss sich ja auch erst mal eine Gelegenheit ergeben.

Und noch was kritzele ich rasch unter meine Nachricht für Gus: Viel Glück morgen!

10

Es ist immer dasselbe: Am Anfang jeder Ferien habe ich das Gefühl, endlos viel Zeit vor mir zu haben. Und dann fliegen die Tage vorbei, und schon geht es wieder von vorne los mit Weckergerassel und morgendlicher Hektik. So ist es natürlich auch dieses Mal.

Ich wollte euch ja von Stine erzählen. Also, Stine und ich gehen schon seit einer Ewigkeit zusammen zur Schule. Wir treffen uns immer zur selben Zeit am selben Ort. Das haben unsere Eltern bei der Einschulung so organisiert. Weil wir nah beieinander wohnen und es ‹sicherer› ist, zu zweit zu gehen – und dabei ist es bis heute geblieben. In der Grundschule waren Stine und ich nicht mal in einer Klasse. Aber jetzt sitzen wir in den meisten Fächern nebeneinander und sind echt gute Freundinnen.

Da Stine fast die ganzen Ferien bei ihrer Tante Mona in Berlin verbracht hat, müssen wir uns erst mal gegenseitig auf den aktuellen Stand bringen. Ich hatte erwartet, dass Stine mir ununterbrochen von Berlin vorschwärmen würde. Schließlich ist Berlin echt cool (heutzutage müssen ja sogar Städte cool sein!). Aber Stine scheint die

Ferien weniger bei den Berliner Sehenswürdigkeiten als im Nagelstudio ihrer Tante verbracht zu haben. Jedenfalls präsentiert sie mir voller Stolz zwei ultralange Nägel mit buntem Muster und Glitzersteinchen. (Mehr als zwei Kunstnägel hat ihre Mutter nicht erlaubt.)

«Na, was sagst du? Die habe ich selbst gemacht!» Stine kann sich kaum vom Anblick ihrer glänzenden Plastikkrallen losreißen. «Mona meint, ich hätte echt Talent!»

Für was man alles Talent haben kann ... Hoffentlich will Stine ihre neuerworbenen Künste nicht an mir ausprobieren! Mit diesen Krallen bleibt man doch mit Sicherheit überall hängen. Außerdem kriegt man keinen Reißverschluss zu.

Dann bin ich dran mit Erzählen. Natürlich berichte ich Stine als Erstes von unseren neuen Nachbarn, also von Gus. Ich glaube, zuerst ist Stine fast ein bisschen neidisch, weil ich jetzt in dem interessanteren Haus lebe. Bei uns wohnt nämlich außer Miss Elli die coole Rabea mit den langen roten Haaren, die ständig irgendwelche schrägen Typen anschleppt, und nun auch noch Gus, ein Junge in unserem Alter! Während es in Stines Haus nur einjährige Zwillinge gibt, die den ganzen Tag brüllen. Aber nachdem ich Stine versichert habe, dass Gus eher nicht wie eine Mischung aus Justin Bieber, Shawn Mendes und Brad Pitt in jung aussieht, sondern – na ja – eben anders, beruhigt sie sich wieder.

Ich erzähle Stine auch von unserer Begegnung mit den Quietscheentchen, aber das ‹Cool-in-10-Tagen›-Programm› behalte ich für mich. Man begeistert sich ja eher selten für Ideen, die nicht auf dem eigenen Mist gewachsen sind. Keine Ahnung, was Stine davon halten würde. Vielleicht würde sie sich ausgeschlossen fühlen oder am Ende das ganze Programm völlig bescheuert finden. Außerdem ist das Coolness-Projekt eine Sache zwischen Gus und mir. Auch wenn wir nicht ausdrücklich Stillschweigen vereinbart haben, ist klar, dass wir nicht mit anderen darüber reden.

In der Schule ist alles wie immer. Da sich unsere Klassenlehrerin ein bisschen verspätet, haben sich die üblichen Grüppchen gebildet. Die Coolen Leon, David und Emmi sonnen sich in der Bewunderung ihrer Fangemeinde (zu denen auch die Quietscheentchen Sarah und Milena zählen). Die Nerds hängen allein oder mit anderen Nerds ab. Und Stine und ich hocken mit Selma und Caro zusammen, die ähnlich leicht übersehen werden wie wir. Das unausgesprochene Motto unseres Quartetts: Bloß nicht unangenehm auffallen! Nicht riskieren, sich lächerlich zu machen!

Irgendwie fallen mir all diese scheinbar festgelegten Rollen heute besonders auf! Und sie nerven mich plötzlich total.

Drüben am Fenster auf den ‹besseren Plätzen› wird laut gelacht. Leon erzählt gerade wild gestikulierend eine Geschichte aus seinen Ferien, und alle hängen an seinen Lippen, um nach jedem Gag wie auf Kommando loszuprusten. Selbst Frau Bolz, die gerade zur Tür reinkommt, zwinkert Leon lächelnd zu. «Na, schöne Ferien gehabt?»

«Aber sicher ...!» Leon grinst unsere Klassenlehrerin an, als ob die beiden ein tolles Geheimnis teilen. Alles kichert.

Wahnsinn! Wie macht der das bloß? Warum ist er so angesagt? Nachdenklich schlüpfe ich auf meinen Platz neben Stine.

Natürlich kamen mir die Quietscheentchen heute Morgen direkt mit einem dämlichen Spruch über Gus. War ja klar!

«Hallo Juliii», quietschte Sarah quer durch die Klasse, als Stine und ich zur Tür reinschneiten. «Wie geht's denn Auuuugust?»

Ich hatte etwas Ähnliches erwartet. Daher war ich ausnahmsweise vorbereitet. Und ich habe es sogar geschafft, meine Antwort so klingen zu lassen, als wär sie mir gerade erst eingefallen.

«Danke, prima», sagte ich. «August und ich treffen uns nachher im Café September und schauen uns dann einen Film über die Oktoberrevolution an.»

«Hä?»

Sarah guckte wie ein Schaf, um sich dann achselzuckend abzuwenden. Offenbar fiel ihr keine passende Antwort ein. Was hätte sie darauf auch sagen sollen? (Merke: Wenn klar ist, dass Argumente sowieso nicht ziehen, einfach etwas komplett Unsinniges antworten. Das nennt man Verwirrtaktik. Hat mir Mama mal erklärt.) Ha, Punkt für mich! – Von der Oktoberrevolution hatte ich mal irgendwo gehört, keine Ahnung, wann die war. Ist ja eigentlich auch egal. Hauptsache, ich habe Sarah schachmatt gesetzt! Dass ich mir den Spruch vorher ausgedacht habe, weiß ja keiner. Papa hat mir mal erklärt, dass die Comedians im Fernsehen meistens gar nicht so spontan sind, wie es immer aussieht. Manche haben ein ganzes Team, das ihnen die Texte schreibt.

So ein Team könnte ich auch brauchen.

Nach der Begrüßung kündigt Frau Bolz ein paar Termine für Klassenarbeiten an, die mit dem üblichen Murren zur Kenntnis genommen werden. Außerdem soll es mal wieder eine neue Sitzordnung geben. Damit hatte ich schon fast gerechnet. Lehrer machen so was gerne nach den Ferien.

Frau Bolz blickt in die Runde. «Besondere Wünsche?»

Schweigen. Meistens verändert sich bei der ‹neuen› Sitzordnung sowieso nicht viel. Frau Bolz setzt nur ein paar Leute um, die sich gegenseitig ‹nicht guttun›. Sprich: zusammen nur Mist bauen.

Ich blicke zu David und Leon hinüber. Die zwei wippen auf ihren Stühlen, als ginge sie das alles nichts an. Kein Wunder, die beiden haben gleich zu Anfang des Schuljahrs den besten Tisch für sich gepachtet, schräg am Fenster, das Klassensofa direkt hinter sich. Emmi und Zoe haben ganz selbstverständlich den Tisch daneben angesteuert. Seitdem hat den vieren keiner die Plätze streitig gemacht. Warum auch? Schließlich sind sie die Angesagten in der Klasse!

Meine Fingerspitzen kribbeln. Was stand in der Broschüre? *Veränderungen kommen nur selten von außen.*

Wenn du willst, dass sich etwas ändert, musst DU etwas anders machen als bisher! Oder war es Mama, die das gesagt hat? Egal. Jetzt oder nie!

Fast gegen meinen Willen geht mein Finger hoch. Frau Bolz schaut mich an. Sehe ich da Überraschung in ihrem Blick? Klar, bei Klassenthemen aller Art melde ich mich sonst nie!

«Ich würde gerne mal am Fenster sitzen!»

«Oh!», macht Frau Bolz. Sie ist wirklich überrascht!

Jetzt bloß nichts erklären oder zurücknehmen. Einfach abwarten.

«Gibt es denn ein Problem bei euch?» Frau Bolz schaut Stine und mich fragend an.

Stine presst die Lippen zusammen und starrt auf die Tischplatte, dann rückt sie fast unmerklich ein Stück von mir weg. Oh nein, glaubt sie jetzt etwa, dass ich nicht mehr neben ihr sitzen will?! Mist! Mir wird heiß. Bestimmt laufe ich gerade knallrot an.

«Nein, nein», sage ich schnell. «Es gibt kein Problem. Ich möchte nur gerne mal am Fenster sitzen!»

Ich habe meinen Satz wortwörtlich wiederholt, wie ein bockiges Kleinkind.

«Und ... äh ... Stine ja vielleicht auch!», setze ich noch schnell hinzu.

«Tja», macht Frau Bolz und sieht immer noch ein bisschen verwirrt aus. «Spricht eigentlich nichts dagegen ...»

«Warum hast du das gemacht, Juli?!»

Stine sieht mich an, als hätte ich gerade ein Verbrechen begangen, mindestens einen Doppelmord!

Wir sitzen auf unserem üblichen Platz auf dem Pausenhof und lassen die Beine baumeln.

Erst mal Zeit gewinnen. «Warum denn nicht?» Ich hole meinen Apfel heraus und beiße ein Stück ab. «Jetzt haben WIR eben mal den guten Platz am Fenster.»

Stine schüttelt besorgt den Kopf. «Leon und David sind bestimmt stocksauer auf uns!»

Schon möglich. Ehrlich gesagt habe ich davor auch ein bisschen Muffe, aber das behalte ich jetzt mal lieber für mich.

«David und Leon haben da eine Ewigkeit gesessen. Es ist doch nur gerecht, mal zu tauschen, oder? Ein paar andere haben danach doch auch gesagt, dass sie mal woanders sitzen wollen.»

«Trotzdem», beharrt Stine. «Das war unnötig! Wir hatten es doch ganz gemütlich vorher.»

«Jetzt haben es eben David und Leon gemütlich», versuche ich Stine zu beruhigen. «Und wieso überhaupt ‹gemütlich›? Wir sind doch kein Rentner-Club!»

Stine mustert mich von der Seite. «Irgendwie bist du seit den Ferien komisch, Juli!»

«Quatsch, ich bin wie immer!»

«Bist du nicht!»

«Bin ich wohl!»

«Bist du nicht!» Stine pufft mich in die Seite, ich puffe zurück.

Normalerweise fangen wir an dieser Stelle an zu kichern.

Heute nicht.

«Ich finde, es wird Zeit, dass wir mal aus unserer stillen Ecke rauskommen!», sage ich.

Ich wünsche mir so sehr, dass Stine versteht, um was es mir geht.

Sie macht große Augen. «Aber warum?»

Das weiß ich ja selbst nicht so genau. Ich zucke die Achseln.

«Manchmal muss man einfach mal was Neues probieren!»

«Ja? Muss man das?»

Stine springt auf und stapft grußlos davon.

11

Als ich nach Hause komme, winkt mir Gus von seinem Fenster aus zu. Anscheinend hat er den ersten Tag in seiner neuen Schule gut hinter sich gebracht. Freut mich für ihn.

«Ich war froh, dass du mir vorher gezeigt hast, wo die Bushaltestelle ist», begrüßt er mich grinsend, als ich später bei ihm klingele. «Sonst wäre ich heute Morgen bestimmt in die falsche Richtung gefahren. Und bevor du jetzt fragst: Ja, ich habe deine Nachricht mit der neuen Aufgabe noch gelesen – und sogar direkt befolgt. Ich habe mich nämlich im Bus nach vorn gesetzt. Keine Ahnung, ob das nun wirklich der ‹beste Platz› war.» Gus zieht eine Grimasse. «Leider hab ich dabei übersehen, dass es ein Sitzplatz für Behinderte war. Ein Glatzkopf mit Krückstock hat es mir dann erklärt, und zwar sehr ausführlich!» Gus rollt vielsagend mit den Augen. «Er hat mich behandelt wie einen Schwerverbrecher. Dabei wäre ich natürlich aufgestanden.»

«Tut mir leid!», sage ich zerknirscht. «Bei mir war es auch nicht ohne. Aber das erzähle ich später!» Ich pflanze mich auf Gus' Sofa und mache es mir bequem. «So, jetzt berichte mal: Wie ist deine neue Klasse?»

Gus zuckt die Achseln. «Ganz in Ordnung, glaube ich. Am ersten Tag kann man ja noch nicht so viel sagen. Aber die meisten scheinen okay zu sein. Mein neuer Klassenlehrer heißt Herr Kohlmeyer. Er hat Tim, den Klassensprecher, gebeten, mich ein bisschen herumzuführen. So habe ich mich nicht gleich verlaufen und musste auch in den Pausen nicht allein rumstehen. Also, insgesamt war das ein guter Start!» Gus schaut an mir vorbei aus dem Fenster. «Es konnte ja auch nur besser werden ...»

Ich horche auf. Was soll das denn heißen? «Wieso? War es so schlimm in deiner alten Schule?»

Gus zögert. «Na ja, am Anfang nicht so, aber dann ...» Er bricht ab.

Jetzt bin ich neugierig geworden.

«Was war denn? Erzähl doch mal!»

Ist es unfair, dass ich ihn dränge? Aber bei unserem ‹Cool in 10 Tagen›-Programm geht es doch auch oft um Dinge, die peinlich sind und die man eigentlich lieber für sich behält. Da sind wir doch auch offen miteinander.

Gus holt tief Luft. Anscheinend hat er beschlossen, mir zu vertrauen. «Ach, ich hatte Stress mit einem Typen aus meiner Klasse», beginnt er. «Marlon, ein totaler Idiot, voll der Angeber, aber bei den anderen war der total angesagt. Er hatte mich auf dem Kieker.»

«Und warum?»

Gus zieht eine Grimasse. «Als ob es dafür immer eine Begründung gibt ... einfach so. Weil ihm meine Nase nicht gepasst hat oder meine Zahnlücke. Oder weil ich besser in Mathe war als er ...»

«Du bist gut in Mathe?», werfe ich ein. «Echt jetzt?»

Einen Mathe-Crack in der Nachbarschaft zu haben, ist so was wie ein Sechser im Lotto! Ich selber bin eine Null in Mathe, und Stine ist leider auch keine Leuchte.

«Wie?» Gus scheint irritiert über die Unterbrechung.

«Schon gut», sage ich schnell, «ist jetzt nicht wichtig. Erzähl weiter!»

Er winkt ab. «Viel mehr gibt es da nicht zu erzählen. Frau Jansen-Lücke, unsere Klassenlehrerin, kam irgendwann auf die geniale Idee, Marlon, mich und ein Mädchen, die hieß Ida, in eine Arbeitsgruppe zu stecken. Die Jansen-Lücke dachte wahrscheinlich, dass wir uns da ‹zusammenraufen› oder so was. Wir drei sollten eine Präsentation für Geschichte vorbereiten. Diese Ida war aber dauernd krank, also hockte ich mit Marlon allein da. Es war von Anfang an total ätzend! Der Typ hat keinen Finger gerührt! Ich habe die ganze Arbeit allein gemacht.»

Ich nicke. So was hat irgendwie jeder schon mal erlebt. «Und was ist dann passiert?»

«Irgendwann hat die Jansen-Lücke mich gefragt, wie weit wir sind und wer von uns eigentlich welchen Teil vorbereitet. Dadurch hat Marlon anscheinend den Eindruck bekommen, dass ich ihn bei ihr angeschwärzt hatte. Was ich definitiv nicht getan habe! Aber das war Marlon egal, er wurde hinterher echt aggro. Wir haben uns fast geschlagen.»

Ich beuge mich vor. Wie bitte schön kann man sich ‹fast› schlagen? Außerdem kann ich mir Gus beim besten Willen nicht in einer Prügelei vorstellen. Er ist eher der Typ, der seinem Gegner beim Wattebäuschchen-Weitwurf einen Helm empfehlen würde.

«Marlon hat mich angerempelt, du weißt schon, so angestoßen. Ich wollte mich nicht provozieren lassen, aber er hat nicht aufgehört. Irgendwann habe ich zurückgeschubst, nur ganz leicht. Ich meine, ich bin ja nicht gerade ein Schrank! Aber wahrscheinlich hat Marlon absolut nicht damit gerechnet, dass ich mich wehre! Er ist jedenfalls prompt hingefallen. Leider hatte er ausgerechnet an dem Tag eine sauteure neue Jacke an, die ist dabei eingerissen.» Gus schüttelt den Kopf. «Du kannst dir nicht vorstellen, was das für ein Theater gab! Marlon hat einen Riesenaufstand gemacht. Seine Eltern haben sich eingeschaltet. Meine Eltern wurden angerufen. Es gab Beschwerden und Gelaber ohne Ende!»

Das ist ja ein Ding! «Und wie ist die Sache ausgegangen?»

Gus steht unvermittelt auf, um das Fenster zu öffnen.

Dabei ist es nicht sonderlich warm im Zimmer. «Ach ... das weiß ich gar nicht mehr so genau ... Irgendwann war das Thema halt durch.» Er versenkt die Hände in den Taschen von seinem Hoodie.

«Echt? Einfach so?»

Ungläubig sehe ich ihn an, aber Gus weicht meinem Blick aus. Seltsam! So lange ist das doch nicht her. Da müsste er sich eigentlich schon noch an jedes Detail erinnern, oder nicht?

«Zum Glück kam ja dann auch die Zusage für die Wohnung hier», erklärt Gus. «Meine Eltern hatten schon eine ganze Weile nach einer größeren Bude gesucht. Ich hatte einen guten Grund, die Schule zu wechseln, und das Thema war erledigt.» Er grinst schief. «Happy End sozusagen.»

Happy End ...?

Nein, das nehme ich ihm irgendwie nicht ab.

Als ich nach oben komme, steht Mama in meinem Zimmer, was ich überhaupt nicht leiden kann, wenn ich nicht da bin. Das hier ist nämlich MEIN Bereich!

Mama stemmt die Hände in die Hüften und sieht sich kopfschüttelnd um. Ich ahne schon, was jetzt folgt.

«Also wirklich, Juli: Wie kannst du dich hier drin wohlfühlen und sogar lernen? Das verstehe ich beim besten Willen nicht! Das reinste Chaos!»

Ehrlich, ich mag es nicht, wenn Mama mich ansieht, als wäre ich eins ihrer besonders schwierigen Projekte. Hat sie mit ihren Klienten nicht genug zu tun? Ich bin doch keine Arbeitsbeschaffungsmaßnahme!

Meine übliche Strategie in diesen Fällen ist es, mich ahnungslos zu stellen. «Wieso? Was meinst du?»

Ich sehe mich um, so als hätte ich nicht die geringste Ahnung, von was Mama überhaupt redet. Dabei weiß ich es natürlich ganz genau: Mama findet mich beziehungsweise mein Zimmer zu unordentlich. Das fand sie schon immer. Doch in meinem Chaos steckt durchaus System. Zugegeben, eins, das nur ich durchblicke. Aber das reicht ja, oder etwa nicht? Okay, auf dem Fußboden stapeln sich ein paar Papierhaufen, auf meinem Hängessessel Klamotten, und auf dem Bett liegen ein paar Bücher und Hefte. Aber wenn ich etwas brauche, also wirklich brauche, dann finde ich es in null Komma nichts. Na gut, vielleicht auch in zwei Komma nichts. So was nennt man kreatives Chaos, glaube ich.

«Juli, wenn du hier mal Ordnung reinbringen würdest, könntest du das meiste doppelt so schnell erledigen!», sagt Mama. «Du glaubst nicht, wie viel Zeit das spart!»

«Ich habe genug Zeit», behaupte ich.

Mama blickt mich scharf an. «Du weißt, wie ich das meine, Juli! Du wärst mit deinen Hausaufgaben ruckzuck fertig und könntest Sachen machen, zu denen du wirklich

Lust hast. Und du müsstest nicht ständig alles auf den letzten Drücker angehen: Vokabeln lernen, Flöte üben, das Geschenk für Oma fertig basteln ... all so was.»

Oje, ich ahne, was als Nächstes kommt ...

«Du könntest dir doch einfach eine Checkliste machen so wie ich», schlägt Mama vor, «mit allen Dingen, die du erledigen musst. Was besonders eilig ist, kennzeichnest du rot. Dinge, mit denen du schon angefangen hast, bekommen einen blauen Punkt. Und was fertig ist, streichst du jeden Abend durch. So behältst du ganz einfach den Überblick! Was meinst du?»

Ich nicke ergeben. So eine geniale Checkliste hat Mama mir schon ein Dutzend mal vorgeschlagen. Aber wir wissen beide, dass ich NIE im Leben eine solche Liste führen werde. Schon deshalb nicht, weil Mama eine führt. Klar sind solche Dinge in ihrem Job bestimmt praktisch, aber Mama führt diese Listen für ALLES. Ich habe mal mitgekriegt, wie Papa ihr in einem Streit unterstellt hat, dass sie früher sogar ‹Abschiedskuss Kai› darauf notiert hat. Das war natürlich gemein! Aber ehrlich gesagt könnte ich mir das schon vorstellen ... Na ja, egal.

«Manche Strategien aus dem Berufsleben sind wirklich enorm wirkungsvoll, Juli», erklärt Mama jetzt. «Es gibt so einige Tricks und Kniffe, die du auch schon in der Schule gut nutzen kannst.»

Weiß ich doch, Mama. Schließlich arbeiten Gus und

ich uns gerade sehr professionell durch das ‹Cool-in-10-Tagen›-Programm.

Ich bin gespannt, welche Aufgabe Gus sich als nächste aussucht. Er wollte sie mir noch heute Abend durch den Briefschlitz stecken. Hoffentlich vergisst er es nicht.

12

Natürlich denkt er daran. Habe ich auch nicht anders erwartet. Gus ist der zuverlässige Typ. Als ich mir abends die Zähne putze, legt Mama mir einen Umschlag aufs Waschbecken. «Hier für dich! Ein Brief von August!» Sie zwinkert mir vielsagend zu. «Das geht ja ganz schön schnell mit euch!»

Also bitte, was soll das denn heißen?

«Schein Name isch Gusch», nuschele ich, den Mund voller Zahnpastaschaum. «Und wir schind Feunde!»

«Weiß ich doch, Julchen! Ich find's sehr schön, dass du jetzt einen Freund hier im Haus hast!» Mama wuschelt mir durchs Haar. Wenigstens ist sie jetzt wieder besser drauf. Julchen nennt sie mich nämlich nur, wenn sie gute Laune hat. Ich atme erleichtert auf. Ärger mit Mama kann ich nämlich nicht gut ab.

Ich spüle mir den Mund aus und reiße den Umschlag auf.

Wage etwas Neues! Stell dich einer Herausforderung! Probiere etwas aus, was du noch nie zuvor gemacht hast!

Hmm ... ich lasse den Zettel sinken. Ich erinnere mich an die Aufgabe. Sie stand genauso in der Broschüre. Klar, coole Leute verharren nicht ängstlich im immer gleichen Trott. Sie gehen Risiken ein, probieren Neues aus, selbst auf die Gefahr hin, dass etwas schiefläuft. Dann machen sie sich eben mal zum Affen, *so what ...?* Für einen echten Coolen kein Problem. Im Gegenteil.

Leider bin ich selber nicht so wahnsinnig scharf darauf, mich zum Deppen zu machen. Das passiert schon ohne irgendwelche selbstgestellten Aufgaben oft genug. Wahrscheinlich fällt mir deshalb nicht auf Anhieb etwas Geeignetes ein. Na, vielleicht ja morgen.

Doch am nächsten Tag bleibt keine Zeit für das Coolness-Programm. Stine hat mich gefragt, ob ich gleich nach der Schule mit zu ihr komme, um Englisch zu büffeln. Frau Bolz hat nämlich für nächste Woche eine Klassenarbeit angekündigt. Ehrlich gesagt war ich heilfroh, als Stine mit der Frage rüberkam. Wir haben uns zwar nicht richtig gestritten, aber nach der Geschichte mit dem Platztausch war die Stimmung zwischen uns ziemlich verkrampft. Und eine muffelige, wortkarge Stine ist nur schwer zu ertragen! Zur Not wäre ich sogar bereit gewesen, mir von ihr Plastiknägel mit Glitzer auf die Pfoten kleben zu lassen. Also, falls das wirklich der einzige Weg gewesen wäre, Stine milde zu stimmen. Aber zum Glück sind mir die Glitzerkrallen erspart geblieben.

Es scheint nämlich so, als würde der befürchtete Ärger mit David und Leon ausbleiben. Die beiden haben die Vorteile der letzten Sitzreihe für sich entdeckt und tun jetzt so, als wäre der Tausch in die *super Chill-Area* ihre eigene Idee gewesen. Was natürlich niemand in Frage stellt, denn die beiden sind ja ... genau: die Coolen! Mir ist das nur recht. Denn so beruhigt sich auch Stine wieder und richtet sich auf unserem Platz an der Sonne langsam häuslich ein.

Gus' Aufgabe fällt mir erst am nächsten Tag wieder ein, als ich mit Miss Elli durch den Park trotte. Also, mal nachdenken: Was wäre etwas wirklich Neues für mich, eine echte Herausforderung? – Natürlich gibt es jede Menge Dinge, die ich noch nie im Leben gemacht habe! Ich meine, ich bin ja kein Grufti!

Hier ein paar Beispiele:

* Ich bin noch NIE im Bären- oder Mickymauskostüm durch die Stadt spaziert (ich wüsste aber auch nicht, wo man so eine Verkleidung außerhalb der Faschingszeit herbekommt).
* Außer ein paar Nougatpralinen bei Oma habe ich noch NIE im Leben was geklaut (ehrlich nicht). Und dabei soll es auch bleiben! Ich habe schlechte Nerven und würde mit Sicherheit erwischt werden.

* Ich habe noch NIE unter freiem Himmel geschlafen (okay, das wäre eine geeignete Herausforderung! Aber es ist zurzeit ziemlich kalt und nass draußen. Außerdem hat unsere Wohnung keinen Balkon, und im Stadtpark darf man nicht übernachten. Das fänd ich auch ehrlich gesagt viel zu unheimlich!).
* Ich bin noch NIE wie Spiderman ... äh ... Spider-woman an einer gläsernen Hauswand hochgeklettert (daran wird sich auch wohl in naher Zukunft nichts ändern).
* Ich bin noch NIE einen Salto gesprungen (siehe oben).
* Ich habe noch NIE (wissentlich) eine Spinne gegessen (warum auch? Die armen Viecher!).
* Ich habe noch NIE jemandem das Leben gerettet (also nur indirekt, den Spinnen, indem ich sie nicht esse zum Beispiel).
* Ich habe mir noch NIE die Haare lila gefärbt und will auch nicht wissen, wie ich mit Glatze aussehe (und ich glaube, Mama auch nicht).
* Ich habe noch NIE bei einem Casting mitgemacht (ich wüsste auch nicht, bei welchem: Deutschland sucht die Uncoolsten? Selbst da hätte ich ja inzwischen keine Chance mehr. Ich meine – Hallo?! – bei meinen Fortschritten!!).

Schwierig, schwierig ...

Und dann – kaum zu glauben! – ist es doch tatsächlich Miss Elli, die mir im Park die perfekte Aufgabe vor Augen führt, indem sie hingebungsvoll dranpinkelt!

Ich werde zum ersten Mal im Leben auf einen Baum klettern! Jawohl, auf die Eiche, die Miss Elli gerade pinkelnderweise für mich ausgewählt hat. Prima Idee! Zugegeben, es ist ein bisschen peinlich, dass ich statt auf Bäumen bisher immer nur auf Klettergerüsten rumgestiegen bin. Aber in unserem Stadtteil gibt es echt viele schöne Spielplätze mit super Klettergerüsten. Da braucht man keine Bäume. Also schon, aber nicht zum Klettern! Und besser spät als nie! Jetzt ist es jedenfalls so weit. Tatatatataa!

Ich stelle mich vor den von Miss Ellis auserkorenen Baum und begutachte ihn mit Kennermiene. Ja, er ist durchaus zum Klettern geeignet: viele kräftige Äste, die meisten schön waagerecht, die Abstände dazwischen nicht zu groß und ... äh ... puh ... ganz schön hoch! Ich spüre leichtes Herzklopfen, aber das gehört zu einer echten Herausforderung ja dazu.

Dann mal ran an die Eiche! Aber halt – was mache ich mit Miss Elli? Bestimmt wird sie meinen rasanten Aufstieg mit Spannung verfolgen. Rasch schlinge ich Miss Ellis Leine um einen Busch und schwinge mich auf den ersten Ast. So, der Anfang wäre gemacht, auch wenn ich ihn mir ehrlich gesagt ein bisschen leichter vorgestellt habe. Langsam klettere ich höher. Die Abstände zwischen den Ästen sind doch ein bisschen größer als es erst aussah. Ich wage einen Blick nach unten. Ups, ich bin doch schon ganz schön hoch ... Jedenfalls sieht es von hier so aus. Und wo steckt überhaupt Miss Elli? Na so was, die hat sich einfach unter dem Busch zu einem Nickerchen zusammengerollt, anstatt atemlos mein Kletter-Abenteuer zu verfolgen. Frechheit!

So, ein bisschen höher muss ich aber noch! Auf den nächsten Ast mindestens! Halt mal, sieht das Holz nicht irgendwie brüchig aus? Und wieso ächzt und knirscht der so seltsam? Habe ich etwa einen total morschen Baum erwischt? Ich wippe versuchsweise auf meinem Ast auf und ab. Sofort wird das Ächzen lauter. Um Himmels willen! Nichts wie runter hier! Wahrscheinlich ist dieser Baum von innen komplett hohl!

Meine Hände krampfen sich um das Holz. Mein linker Fuß tastet nach unten. Verdammt, wo ist dieser Ast, auf dem ich eben stand? Von dem aus ich mich hochgezogen habe? Der kann doch nicht plötzlich verschwunden sein! Mein Bein rudert hilflos in der Luft. Nein, der Ast ist so weit weg, dass ich ihn nicht erreichen kann. Ich ziehe den Fuß wieder hoch, spüre, wie mir die Knie zittern. Meine Arme umklammern die Astgabel. Was mache denn jetzt? Ich komme hier nicht wieder runter! Das kann doch nicht wahr sein! Ich bin doch auch raufgekommen!

Ich versuche es mit dem anderen Bein. Wieder hilfloses Durch-die-Luft-Rudern! Klappt auch nicht! Mir bricht der Schweiß aus! Warum habe ich diese Aktion hier alleine gemacht? Jetzt sitze ich auf dieser Baum-Ruine fest, und keiner weiß, wo ich bin.

Moment, vielleicht kann Miss Elli ja Hilfe holen? Nee, die habe ich ja angebunden. Außerdem funktioniert so was nur im Film. Da holen treue Vierbeiner Hilfe aus kilometerweit entfernten Dörfern und besorgen das für die Rettung notwendige Seil mitsamt Verbandszeug und zwei belegten Brötchen gleich mit. Das hätte mit Miss

Elli sowieso nicht geklappt! Die würde zwischendurch ein Schläfchen halten, sich zwei Stunden den Bauch kraulen lassen und dann die Brötchen am Ende selbst vertilgen.

Leider befinde ich mich auch noch in einem Teil des Stadtparks, wo nur wenig Leute spazieren gehen. Schon gar nicht bei dem Wetter! Der Himmel ist tiefgrau, es sieht nach Regen aus.

Ich horche. Nanu, kommt da etwa doch jemand? Hört sich jedenfalls so an. Da sind Stimmen, die eindeutig näher kommen. Ob ich um Hilfe rufe? Aber das ist so peinlich!! Ich gucke lieber erst mal, wer da um die Ecke biegt.

Jetzt sind die Stimmen schon ziemlich nah, ein Junge und ein Mädchen, eindeutig. Ich mache meinen Hals lang und spähe durch die Zweige. Oh nein, ich glaube, ich kenne sie – das ist doch Noah aus der Siebten! Ausgerechnet Noah mit den Goldlocken und den Sternenaugen! Der Schwarm der halben Unterstufe! Das Mädchen neben ihm heißt Marie, glaube ich. Sie geht in seine Klasse. Die beiden schlendern engumschlungen dahin. Jetzt bleiben sie stehen und knutschen. Na toll! Was soll ich jetzt machen? – Erst mal still verhalten!

Der Wind trägt die Stimmen zu mir nach oben.

«Weißt du, dass du total süß bist?», sagt Noah gerade. Auweia, der ist ja voll im Stimmbruch!

Marie kichert albern. «Du aber auch», haucht sie. «Und so stark!» Sie legt ihren Kopf an seine Brust.

«Na ja», Noah nickt lässig. «Ich mach halt ziemlich viel Sport! Ich will ja demnächst in die Regionalauswahl kommen und dann –» Er unterbricht sich. «Hä, guck mal, da unter dem Busch ist ja'n Hund!»

Oh Mist, sie haben Miss Elli entdeckt!

Schon stürzt Marie auf den Dackel zu. «Oje, bist du Arme etwa ganz alleine hier?» Sie streichelt Miss Elli über den Kopf. «Das gibt's ja nicht! Wurdest du etwa ausgesetzt, du arme Maus? – Guck mal, Noah! Das ist ja wohl voll fies! Was machen wir denn mit ihr?»

Noah kratzt sich am Kopf. «Keine Ahnung! Tierheim?»

«Tierheim?!», ruft Marie entrüstet, als hätte Noah vorgeschlagen, Miss Elli direkt zum Abdecker zu bringen. Kampflustig stemmt sie die Hände in die Hüften. «Du spinnst wohl! Wir nehmen sie natürlich erst mal mit.»

«Aber nicht zu mir!», wehrt Noah ab. «Meine Eltern flippen aus. Mama mag keine Tierhaare in der Wohnung. Außerdem habe ich gleich noch Training!» Er blickt besorgt auf die Uhr.

«Was? Willst du etwa den armen kleinen Hund hier zurücklassen? Weil du TRAINING hast?» Marie richtet sich empört auf. «Dann kümmere ich mich eben allein um sie! Wer weiß, wie lange die Arme hier schon hilflos angekettet ist!»

Hilflos angekettet …!

Jetzt muss was passieren, sonst nimmt diese Marie tatsächlich Miss Elli mit! Und wie soll ich Frau Aalfeld erklären, dass ihr Dackel entführt wurde?

Todesmutig mache ich einen neuen Versuch, den Baum hinunterzuklettern. Das MUSS jetzt einfach klappen! Mein Fuß angelt nach dem Ast, tiefer, noch tiefer ... Da, jetzt spüre ich ihn! Ein großer Schritt nach unten, und noch einer auf den nächsten Ast! Mist, ich werde zu wagemutig, mein Fuß verfehlt die letzte Astgabel. Ich fühle, wie ich abrutsche, rudere hilflos mit den Armen. HILFE!

«AAAAAH!»

Mit einem Aufschrei plumpse ich zu Boden, direkt vor Noah und Marie!

Die beiden retten sich mit einem Sprung zur Seite. Aus sicherer Entfernung starren sie mich an wie eine gefährliche Außerirdische.

Mühsam rappele ich mich hoch. Mein linker Fuß tut weh. Hoffentlich ist der nicht verstaucht! Egal, bedauern kann ich mich später. Jammern auch. Jetzt geht es erst mal darum, einen mikroskopisch kleinen Rest von Würde zu bewahren.

«Hi», sage ich, als wäre es die normalste Sache der Welt, urplötzlich vom Baum zu plumpsen wie eine überreife Pflaume. «Seid ihr schon länger hier? Ich war nur kurz ein bisschen klettern. Ich ... äh ... war wohl ziemlich weit oben. Deswegen hab ich gar nicht mitgekriegt, dass Miss Elli Gesellschaft hat.» So lässig wie möglich löse ich Miss

Ellis Leine von dem Busch. «Tja, ich muss dann mal weiter. Man sieht sich!»

Miss Elli hinter mir herziehend, humpele ich eilig davon.

13

Tatsächlich ist mein Knöchel ganz schön angeschwollen. Gus holt mir ein Coolpack von unten, wickelt es in ein Küchentuch und drapiert das Ganze auf meinem Fuß. Sieht richtig professionell aus!

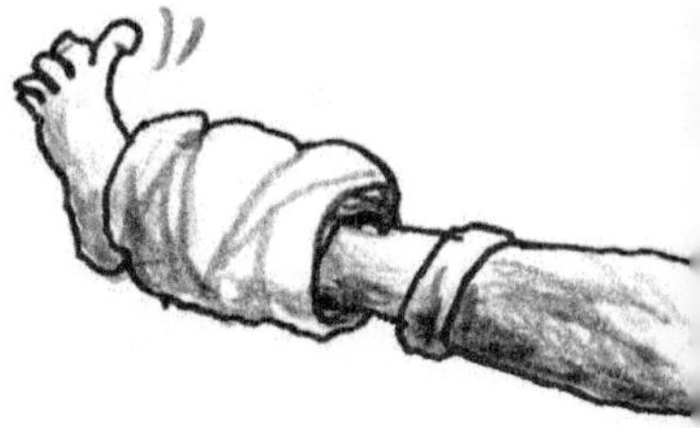

Ich bin beeindruckt. «Habt ihr so ein Ding etwa immer im Kühlschrank liegen?»

Gus nickt. «Unsere Hausapotheke ist so groß wie bei anderen der Kleiderschrank.» Er grinst. «Na gut, das ist übertrieben. Aber meine Eltern sind schon extrem vorsichtig. In der Grundschule war ich immer der Letzte, der im Frühling noch mit Schal und Mütze rumlaufen musste.»

«Damit du dich nicht erkältest?»

«Ja», sagt Gus. «Ich konnte die dämliche Mütze noch nicht mal heimlich in meinem Ranzen verschwinden lassen, weil mich meine Eltern immer noch zur Schule gebracht haben. In der 3. Klasse haben sie endlich damit aufgehört. Aber dann kam das nächste Problem: Weil ich Asthma habe, sollte ich nicht mit auf Klassenreise fahren!

Meine Eltern haben ständig Angst, dass ich im Notfall mein Spray nicht finde. Kann ich sogar verstehen. Aber ich habe das Asthma schon ewig. Ich kriege das hin! Na ja, kaum war das Thema durch, habe ich erfahren, dass meine Mutter die Lehrerin nach Extraaufgaben für mich gefragt hat, weil ich angeblich ‹so gerne lerne und so wahnsinnig begabt bin›.»

«Oje», sage ich.

Gus grinst schief. «Das Schlimmste war, dass Mama das Ganze beim Elternabend gesagt hat. Alle Eltern haben es mitgekriegt ...»

«... und am nächsten Tag wusste es dann deine gesamte Klasse, logo!»

Oh nein, das ist ja der Mega-GAU! Armer Gus ...

Er nickt. «Du kannst dir vorstellen, dass meine Chancen irgendwann zu den Coolen zu gehören, danach unter null lagen ...»

Allerdings! In der Hinsicht hatte Gus es eindeutig schwerer als ich. Mama und Papa halten mich weder für hochbegabt, noch waren sie je sehr ängstlich oder übervorsichtig. Im Gegenteil, ich musste schon früh ziemlich viel alleine wuppen, weil Papa unterwegs war und Mama gearbeitet hat. Das war bei Gus anscheinend ganz anders. Aber ich finde, wir schlagen uns beide tapfer. Also, beim Abarbeiten unserer Coolness-Aufgaben, meine ich.

Gus hat vor Lachen fast auf dem Boden gelegen, als

ich ihm vorhin von meiner verunglückten Klettertour im Stadtpark erzählt habe.

«Das war nicht lustig!», habe ich empört protestiert, aber dann musste ich selber losprusten. Das Gute an Missgeschicken aller Art ist eindeutig, dass man sie hinterher zu witzigen Geschichten verwursten kann. Das war mir vor dem Start unseres Projekts gar nicht klar. Auch der Auftritt von Noah und Marie bietet reichlich Stoff zum Kichern. Ob Marie ihm inzwischen verziehen hat, dass er die arme Miss Elli schnöde im Stadtpark ihrem Schicksal überlassen hätte, um nur ja nicht sein Training zu verpassen? – Das wird sich zeigen. Ich muss morgen in der Pause mal unauffällig nach den beiden Ausschau halten. Ob sie meine peinliche Fallobst-Nummer in der Schule herumerzählen werden? Abwarten! Wenn ich Glück habe, wissen die zwei gar nicht, dass wir auf dieselbe Schule gehen. Für die ‹Großen› aus der 7. Klasse sind wir ‹Kleinen› ja meistens völlig unwichtig. Darauf setze ich jetzt mal ... Bleibt mir ja auch nichts anderes übrig.

Auch Gus hat seine Aufgabe in der Zwischenzeit erledigt.

«Als klar war, dass wir heute in der Schule Fußball spielen, habe ich mich freiwillig als Torwart gemeldet!», berichtet er.

«Hm», ich runzele die Stirn. «Und das war so eine wahnsinnige Herausforderung?»

«Für mich schon», behauptet Gus. «Bisher habe ich mich immer erfolgreich davor gedrückt, im Tor zu stehen. Da handelt man sich nämlich schnell Ärger ein.»

Das kapier ich jetzt nicht. «Wieso denn Ärger?»

«Ist doch klar», erklärt Gus. «Kaum geht ein Ball ins Tor, kommen die doofen Sprüche: Boah, den hättest du doch halten können! Den Ball hätte echt JEDER gehalten! Wenn du früher rausgelaufen, höher gesprungen, weiter gehechtet wärst ... dann hätten wir die auf jeden Fall plattgemacht etc.» Gus verdreht vielsagend die Augen. «So geht das dann ewig! Deswegen war das heute sehr wohl eine Herausforderung.»

Na gut, dann lasse ich das mal gelten.

«Und wie ist es gelaufen?»

«Du meinst, das Spiel? Ganz gut.» Gus nickt. «Wir haben zwar verloren, aber nur 3:2. So schlecht scheine ich also nicht gewesen zu sein.»

«Okay», sage ich, «aber du musst zugeben, dass meine Aufgabe schwieriger war als deine.»

«Auf jeden Fall!», meint Gus. «Jetzt darfst DU dir ja auch wieder etwas ausdenken.»

Und das mache ich dann auch.

Als Gus weg ist, schnappe ich mir direkt den ‹Cool-in-10-Tagen›-Flyer. Eigentlich müsste ich ihn langsam auswendig kennen, so oft wie ich da schon reingeschaut habe. Schnell überfliege ich die Seiten. Alle Aufgaben, die größeren Körpereinsatz erfordern wie die Kletterei heute im Stadtpark, fallen schon mal weg. Dazu tut mir mein Fuß noch zu weh. Also keine weitere Herausforderung im Hochseilgarten oder Ähnliches.

Mama hat mal erzählt, dass ‹Team-Trainings in der Natur› eine Zeitlang total angesagt waren. Da sind ganze Abteilungen von Managern und Angestellten von ihren Chefs zu einer Art ‹Überlebenstraining in der Wildnis› abkommandiert worden. ‹Wildnis› war dann allerdings der Harz oder der Westerwald. Dort lernten die Büromenschen dann von kernigen Trainern, wie man Feuer macht, Fische fängt, Flöße baut, sich gegenseitig mit verbundenen Augen über wackelige Hängebrücken führt und sich nachts in der Höhle die Mäuse vom Leib hält. Und natürlich durfte man nicht zwischendurch mal kurz zu McDonald's düsen, wenn das mit dem Angeln nicht so richtig hingehauen hatte und der Magen knurrte. Mama hat erklärt, dass die Leute auf diese Weise ihr Durchhaltevermögen trainieren und spüren sollten, dass sie mehr erreichen, wenn sie zusammenarbeiten, anstatt die doofe Kollegin aus der Buchhaltung von der Hängebrücke zu schubsen.

So richtig kapiert, warum man das mit der Teamarbeit nicht einfacher lernen kann, habe ich allerdings nicht. Unter uns, ich glaube, Mama auch nicht! Als sie selbst mal an so seinem Outdoor-Training teilnehmen sollte, hat sie nämlich ganz plötzlich sehr schlimme Zahnschmerzen bekommen und musste kurzfristig absagen.

So, inzwischen habe ich eine Aufgabe gefunden. Und die ist nicht mehr so einfach wie die Sachen, die wir am Anfang gemacht haben. Nein, jetzt wird es schwieriger:

Gehörst du auch zu denen, die sich im Meeting nie zu Wort melden, die jeden Konflikt vermeiden und bei Diskussionen ihre Meinung lieber für sich behalten? - Dann ist es kein Wunder, dass du oft übersehen wirst! Schluss damit: Nutze die nächstbeste Gelegenheit, dich einzumischen! Steh zu deiner Meinung und vertrete sie selbstbewusst! Keine Sorge: Es muss nicht gleich die hitzige Politdiskussion in großer Runde sein - fang mit etwas Einfachem an und steigere dich! Nutze dabei die Körperübungen vom Anfang!

Ich stutze. Was denn für Körperübungen? Ach so, aufrecht stehen, Schultern zurück, klarer Blick. Das kann ich inzwischen schon ganz gut.

Ich schreibe die Aufgabe in Kurzfassung für Gus auf. Den Zettel kann ich ihm morgen früh in den Briefkasten werfen. Moment mal: Wie viel Zeit haben wir eigentlich noch? So eine Diskussion muss sich ja erst mal ergeben, und zwar bevor unsere zehn Tage um sind! Sooo viele heiße Debatten, an denen wir uns beteiligen könnten, gibt es nun auch nicht, weder in der Schule noch anderswo.

Oder ... gibt es sie etwa doch und mir fällt das nur nicht auf, weil ich mich sowieso nie daran beteilige?

Ich überlege – und muss zugeben: Wenn in der Schule darüber diskutiert wird, ob wir die Weihnachtsfeier mit oder ohne Eltern machen wollen, wohin die nächste Klassenreise gehen soll oder ob die Aufgaben in der letzten Mathe-Arbeit viel zu schwer waren, äußere ich eigentlich nie meine Meinung. Das fechten andere aus, und zwar immer dieselben: Sofia, unsere Klassensprecherin, Emmi, Mirac, Finn und Leon. Wenn ich ehrlich bin (und das Ganze hier macht keinen Sinn, wenn ich mich selbst beschummele), ist es noch viel schlimmer: Manchmal gucke ich sogar erst mal, für was die meisten in der Klasse sind, und stimme dann genauso ab. Ja, ich weiß, das ist jetzt richtig peinlich! Als hätte ich gar keine eigene Meinung. Aber warum verhalte ich mich so? – Manchmal ist es wahrscheinlich einfach Trägheit. So muss ich mir keine eigenen Argumente überlegen, gerate nicht in irgendwelchen Streit und riskiere nicht, mich unbeliebt oder lächerlich zu machen (davor habe ich ja immer am meisten Angst). Es ist ein bisschen wie in den ‹Diskussionen› mit Mama. Da habe ich ja auch keine Chance, deswegen führe ich sie oft gar nicht erst. Und in der Schule mache ich es eben ähnlich: Ich gehe den einfachsten Weg, ohne das Risiko, anzuecken oder unangenehm aufzufallen. Aber so falle ich eben überhaupt nicht auf! Weder positiv noch negativ. Himmel, das ist doch auch blöd! Wenn ich es NICHT blöd fände, hätte ich Gus doch gar nicht zu diesem ‹Cool-in-10-Tagen›-Programm überredet.

So sieht's aus ...

14

Es ist wie verhext: Jetzt brauche ich für meine neue Aufgabe mal eine schöne hitzige Diskussion, in die ich einsteigen kann, und prompt ist die Welt friedlich wie eine Butterblumenwiese! Beim Frühstück gibt es nicht mal den Hauch von Uneinigkeit zwischen Mama und mir. Nichts, aus dem eine ordentliche Diskussion entstehen könnte! Höchst ärgerlich! Dann muss ich das Ganze eben selber anzetteln:

«Sag mal, was hältst du eigentlich von Schuluniformen?», frage ich Mama etwas unvermittelt.

Darüber habe ich letztens einen Artikel in unserer Schülerzeitung gelesen. Und mit irgendeinem Thema muss man ja mal anfangen.

Mama schaut mich über ihr Käsebrot hinweg erstaunt an. Klar, sonst rede ich beim Frühstück kein Wort zu viel. Auch Mama ist eher eine ‹Morgenschweigerin›, wie sie das nennt. Im Gegensatz zu Papa. Der quasselt von dem Moment an, in dem er wach wird, wie ein Wasserfall! Das macht einen manchmal ganz wuschig.

«Tja», sagt Mama unschlüssig und gähnt. «Warum

fragst du? Sollen bei euch Schuluniformen eingeführt werden?»

«Nö, nicht, dass ich wüsste. Ich frage nur so. Wärst du dafür oder dagegen?»

«Also ... na ja ... hm ...»

Es beruhigt mich, dass auch Mamas Gehirn anscheinend um diese Uhrzeit noch nicht auf Hochtouren läuft.

Dann kurbele ich das Ganze eben mal ein bisschen an.

«Manche sind ja dafür, weil die Schüler dann nicht mit teuren Markenklamotten zur Schule kommen und sich über andere lustig machen, die billige Sachen anhaben», sage ich.

Mama nickt. «Aber so viele Schüler mit Markensachen gibt's bei euch gar nicht, oder?»

«Stimmt!»

Zum Glück! Da achtet bei uns echt kaum einer drauf.

Mama stürzt den Rest ihres Kaffees hinunter und steht auf. «Also, wenn es in der Hinsicht keine Probleme an einer Schule gibt, dann finde ich, dass jeder anziehen soll, was ihm gefällt.»

Das sehe ich genauso.

Tja, Diskussion beendet. So wahnsinnig kontrovers war das jetzt nicht, aber egal. In der ‹Cool-in-10-Tagen›-Broschüre stand ja, dass man mit kleinen Debatten anfangen soll, um sich dann zu steigern. Ich muss einfach aufmerksam sein. Die nächste Möglichkeit ergibt sich bestimmt.

In der Schule habe ich heute Mathe, Sport und Englisch. Da gibt's nicht so wahnsinnig viel zu diskutieren. Aber als ich nachmittags mit dem Bus zum Kieferorthopäden fahre (im Gegensatz zu Gus habe ich nämlich eine Zahnspange), pflanzen sich zwei Mädels auf die Plätze auf der anderen Seite. Sie reden so laut, dass ich jedes Wort mitbekomme.

Ich mustere die beiden unauffällig. Dass diese Piepmäuse überhaupt schon allein durch die Gegend fahren dürfen! Die sind doch bestimmt erst in der 2. Klasse.

Hatte ich schon erwähnt, dass ich es liebe, Bus-Gespräche zu belauschen? Also, nicht, wenn jemand telefoniert. Das ist ja fast immer öde. *«Denkst du daran, Brot mitzubringen? Milch haben wir auch nicht mehr! Ja, nein, bis gleich! Bussi!»*

Laaaangweilig!

Oder die Wichtigtuer: *«... hab gestern den Flieger nach Rio verpasst. Ja, ich muss dringend da runter. Ohne mich kriegen die Versager das nicht geregelt mit dem Börsengang ...»*

Aaaangeber!

Da ist das Geplauder hier eindeutig interessanter: Die Mädels unterhalten sich über die Geburtstagsparty von einer der beiden.

«Hast du eigentlich auch Rosa eingeladen?», fragt die Kleinere gerade eifrig. Sie hat das ganze Gesicht voller Sommersprossen.

Die andere zieht eine Schnute und dreht an ihrem blonden Pferdeschwanz. «Nee, die hat mich doch auch nicht eingeladen. Und letztes Jahr war das voll fies, da hab ich sie eingeladen, und dann hat sie ganz kurz vorher abgesagt!»

«Echt?!!»

Die Größere nickt empört. «Doof, oder? Angeblich war sie krank ... ph! Meine Mama hat gesagt, das war bestimmt eine Ausrede ... Aber es war echt blöd, weil ich ja nur sieben Mädchen einladen durfte, weil ich sieben geworden bin. Und dann ist Rosa nicht gekommen, und so waren es nur sechs.»

«Krass!», macht die andere.

Hä, was ist denn daran ‹krass›?

«Ich finde ja, Rosa hätte mir wenigstens das Geschenk geben können!», mault das künftige Geburtstagskind. (Ah, darum geht's!) «Ich hatte mir von ihr so ein voll süßes Glitzertäschchen gewünscht, du weißt schon, so eins, wie ALLE haben! Und die hatte sie doch unter Garantie schon gekauft!»

«Klar! Unter Garantie», echot ihre Freundin empört. «Vielleicht hat sie sie ja für sich selbst behalten. Du, dann lade ich Rosa auch nicht ein! Obwohl sie MICH zu ihrem Geburtstag sogar eingeladen hat. Aber du hast nichts verpasst! Es war VOLL langweilig! Wir waren nur bei ihr zu Hause und haben SPIELE gespielt! Anstatt was RICHTI-

GES zu machen!» Sie rollt genervt mit den Augen. «Und, stell dir vor, es gab BANANENBROT!»

«Boah echt?» Ihre Freundin verzieht das Gesicht. «Igitt! Das ist ja voll eklig!»

Jetzt bin ich aber langsam empört. Die arme Rosa! Gegen diese beiden Zicken sind die Quietscheentchen ja geradezu harmlos! Das kann man doch so nicht stehen lassen!

Ich hole tief Luft. Das ist mein Einsatz!

«Hört mal ihr zwei», rattere ich los. «Erstens kann diese Rosa nichts dafür, dass sie letztes Jahr krank geworden ist! Zweitens durfte sie zu ihrem eigenen Geburtstag vielleicht einfach nicht so viele einladen wie ihr! Drittens gibt es keine Pflicht, ein Geschenk abzugeben, und viertens schmeckt Bananenbrot super, und ihr habt einfach keine Ahnung!»

So, das war's! Ich bin richtig aus der Puste.

Die beiden Mädels gucken wie Autos. Die mit den Sommersprossen findet als Erste ihre Sprache wieder. «Was geht dich das überhaupt an?», fragt sie.

«Genau», mault die andere, «gibst du immer überall deinen Senf dazu?»

«Nee», sage ich. «Ehrlich gesagt, fange ich gerade erst damit an.» Ich überlege einen Moment, um dann zufrieden zu nicken. «Aber ich muss sagen: Es fühlt sich echt ziemlich gut an!»

Ich gucke aus dem Fenster. Oh, an der nächsten Station muss ich schon aussteigen! Aber es ist ja auch alles gesagt.

Ich stehe auf. «Tschüs! Und gebt dieser Rosa wenigstens mal eine Chance!»

Am Ausgang zwinkert mir ein Typ mit einem großen Hund anerkennend zu.

«Ich hab das eben mitgekriegt», sagt er grinsend. «Ließ sich ja nicht vermeiden. Und ich muss sagen: Das war ziemlich cool von dir! Tschüs!»

Er schlendert mit seinem Hund die Straße hinunter. Ich sehe den beiden nach.

Wow! Ich, Juli Wagner, wurde soeben zum ersten Mal in meinem Leben als COOL bezeichnet! Wahnsinn! Das muss ich unbedingt Gus erzählen!

Aber Gus hat heute keine Zeit für mich. Seine Großeltern aus München sind zu Besuch (die mit der Lederhose). Daher berichtet Gus mir nur kurz an der Tür, dass er sich in der Schule an einer Diskussion über Windkrafträder beteiligt hat. Obwohl er Angst hatte, nicht genug Ahnung davon zu haben.

Ich bin beeindruckt: Windkrafträder ... Ganz schön schwieriges Thema! Da komme ich mir ja fast albern vor mit meiner Story von den zwei biestigen Mädels im Bus, denen ich die Meinung gegeigt habe.

Am nächsten Morgen erzähle ich Stine davon.

«Du hast dich einfach in das Gespräch von denen eingemischt?», fragt sie ungläubig.

Ich nicke stolz. «Das waren wirklich richtige Zicken!», sage ich. «Du hättest sie mal hören müssen! Mir tat diese arme Rosa echt leid. Obwohl ich sie ja gar nicht kenne.»

Stine schiebt ihre Haarspange zurecht. «Meinst du denn, das hat was gebracht?», fragt sie zweifelnd. «Glaubst du wirklich, dass die beiden jetzt netter zu dieser Rosa sind? Nur weil du ihnen die Meinung gesagt hast?»

«Keine Ahnung!» Ich zucke die Achseln. «Aber ich hab's wenigstens versucht. Und das hat sich echt gut angefühlt ...»

Stine wirft mir einen Seitenblick zu. «Ich sag ja: Du bist irgendwie anders seit den Ferien!»

«Quatsch!»

Ich schaue in eine andere Richtung. Morgen ist die Zeit um, dann ist das ‹Cool-in-10-Tagen›-Projekt zu Ende. Und dann werde ich Stine davon erzählen. Auch auf die Gefahr hin, dass sie das alles völlig verrückt findet.

Ich überlege einen Moment. «Ich war wütend und wollte ihnen klarmachen, dass ihr Verhalten nicht okay ist», komme ich auf das eigentliche Thema zurück. «Ich habe eben keine Ahnung, wie man so was angeht, da habe ich einfach drauflosgeredet.»

«Klar!» Stine nickt. «Wäre mir genauso gegangen.»

Mit dem Unterschied, dass Stine sich auf keinen Fall in irgendein Gespräch einmischen würde. Selbst dann nicht, wenn die beiden Mädels im Bus lauthals einen bewaffneten Banküberfall mit Geiselnahme geplant hätten! Dazu ist Stine viel zu schüchtern. Aber das behalte ich natürlich für mich.

«Hast du eigentlich mitgekriegt, dass bei uns an der Schule demnächst so ein Streitschlichter-Programm angeboten wird?», fragt Stine plötzlich. «Du weißt schon: So ähnlich wie die Streitschlichter-Gruppen in der Grundschule! Nur ein bisschen anspruchsvoller natürlich!»

Nee, davon habe ich noch nichts gehört. Klingt aber spannend! Schließlich hören die Konflikte in der 5. Klasse nicht auf. Die Leute streiten sich jetzt nur über andere Sachen als in der Grundschule.

«Sicher wird sich Sofia dafür bewerben», sage ich.

Unsere Klassensprecherin ist echt gut in so was!

«Hättest du nicht auch Lust, da mitzumachen?», fragt Stine.

«Ich?» Jetzt bin ich aber echt baff. «Warum ich?»

«Warum nicht?» Stine grinst. «Du beobachtest gut und kommst mit allen, na ja, fast allen in der Klasse zurecht. Also, warum immer die Gleichen und warum nicht mal du?»

Sie hat recht. Als ob Leon oder Mirac oder Emmi je fragen würden, warum ich? Ich nicke langsam. «Stimmt! Danke für den Tipp! Das klingt echt ... spannend!»

«Sag ich doch!», meint Stine zufrieden.

15

Unten im Hausflur neben den Briefkästen hängt ein Zettel:

Liebe Nachbarn,
als kleine Entschuldigung für die Unannehmlichkeiten, die unser Umzug mit sich gebracht hat – und um Sie alle persönlich kennenzulernen –, möchten wir Sie herzlich zu einem kleinen Umtrunk einladen.
Heute ab 18 Uhr im 3. Stock links.
Es freuen sich auf Sie und Euch

Anne, Michael und August Sperling

Oh, Gus hat mir gar nicht erzählt, dass seine Eltern eine Art Einweihungsfest planen! Vielleicht wusste er auch nichts davon? Den Zettel hat Gus jedenfalls bestimmt nicht gesehen! Sonst hätte er mit Sicherheit darauf bestanden, hier im Haus als Gus vorgestellt zu werden. Jetzt ist der Name August schon in allen Gehirnwindungen fest getackert.

«Gehen wir nachher runter?», frage ich Mama, «zu den Sperlings, meine ich.»

«Das hatte ich vor!» Mama nickt. «Obwohl es ziemlich kurzfristig ist. Ich wollte heute Abend eigentlich noch ein bisschen ...»

«... arbeiten?», frage ich.

Mama versetzt mir einen kleinen liebevollen Knuff. «Ja, zugegeben! Aber es ist ja eine nette Idee! Obwohl ich wirklich nicht weiß, wofür sich Gus' Eltern entschuldigen wollen. Das war der leiseste Umzug, den ich je erlebt habe.» Mama lacht. «Sag mal, weißt du zufällig, ob es bei Sperlings auch eine Kleinigkeit zu essen geben wird?»

Ah, sie will sich das Kochen sparen!

Ich zucke die Achseln. «Keine Ahnung, aber ich denke schon.» Gus' Eltern wirken nicht so, als würden sie ihre Gäste mit Tee und trockenen Salzstangen abspeisen.

«Prima!», sagt Mama erfreut. «Dann gehen wir pünktlich runter, ja? Ich nehme eine Flasche Sekt mit.»

Es wird dann doch halb sieben, bis Mama sich von ihrem Laptop losreißen kann und wir nach unten gehen. Die Nachbarschaft ist schon fast vollständig versammelt. Sogar Rabea aus dem ersten Stock ist mitgekommen. Mit was ihre Eltern sie wohl bestochen haben? Freiwillig tut sich Rabea ein Nachbarschaftsfest bestimmt nicht an. So was findet sie doch bestimmt ‹voll spießig›. Aber mit mir unterhält sich Rabea manchmal. Letztens hat sie mir sogar Yussuf, ihren neuen Freund, vorgestellt. Ich habe mich richtig geehrt gefühlt.

Mama und ich werden mit fröhlichem Hallo begrüßt. Die meisten bei uns im Haus sind sehr nett. Na ja, bis auf die Zieglers vielleicht. (Mama und ich nennen sie heimlich ‹die Ziegen›, weil sie immer was zu meckern haben!) Die Ziegen sind ein älteres Ehepaar ohne Kinder, aber mit einem echten Knall. Sie haben einen Sauberkeitswahn. Ihre Wohnung sieht aus wie geleckt, ehrlich! Ich weiß das, weil Mama und ich da mal Blumen gegossen haben, als sie im Urlaub waren. Wir haben gestaunt! In der Wohnung lag nichts rum, gar nichts! Und auf dem Fußboden hätte man eine Herzoperation durchführen können, so steril war der. Letztes Jahr haben die Zieglers vorgeschlagen, dass der Hausflur zwei Mal pro Woche geputzt werden soll, nicht nur ein Mal wie bisher. Aber damit konnten sie sich nicht durchsetzen. Mama hat auch dagegen gestimmt.

Wir haben übrigens Glück. Es gibt tatsächlich etwas zu essen! Gus' Eltern reichen eifrig Schnittchen und Fingerfood herum. Schmeckt alles megalecker! Ich muss mich beherrschen, nicht allzu gierig zuzugreifen. Gus und ich trinken Apfelschorle, und die Erwachsenen stoßen mit Sekt an. Einige Nachbarn haben Brot und Salz mitgebracht. Das ist bei Einweihungsfeiern so üblich, hat mir Mama mal erklärt. So begrüßt man die Neuen in der Hausgemeinschaft und wünscht ihnen viel Glück. Nett, oder? Auch wenn ich keine Ahnung habe, was die Sperlings jetzt mit diesen Massen an Salz und Brot anfangen sollen. Aber zumindest werde ich nicht verhungern, wenn die Schnittchen alle sind ...

Frau Aalfeld hat es sich natürlich nicht nehmen lassen, Miss Elli mitzubringen, die sich sogleich auf die Pirsch nach Essbarem macht. Ich achte darauf, meinen Teller nicht in der Nähe ihrer Schnauze abzustellen. Miss Elli hat nämlich IMMER Hunger! Auch die Zieglers beäugen den Dackel misstrauisch. Wenn auch aus anderen Gründen als ich. Wahrscheinlich fürchtet Frau Keimfrei, dass Miss Elli ein paar Hundehaare auf ihrer frischgebügelten schwarzen Hose hinterlassen könnte. Eine nicht unberechtigte Sorge: Von den Haaren, die Miss Elli schon in unserer Wohnung verloren hat, könnte man ganze Pullover stricken! Na gut, das ist jetzt ein bisschen übertrieben, aber nicht sehr.

Gus und ich verziehen uns in die Küche. Schließlich muss ich ihm noch von den Mädels gestern im Bus erzählen und wie unerschrocken ich mich für die unbekannte Rosa eingesetzt habe. (Ja, darauf bin ich ein bisschen stolz!) Gerade bin ich an der Stelle, als der Typ mit dem Hund meine Einmischung als ‹cool› gelobt hat, da ruft uns Anne Sperling zurück ins Wohnzimmer.

«Gus, Juli, kommt ihr mal eben? Der Herr Ziegler hat eine Frage wegen der Fahrradständer!»

Gus und ich wechseln einen verwunderten Blick. Wir haben beide unsere Räder unten vor dem Haus geparkt, wie die meisten anderen hier auch. Was kann es da zu besprechen geben?

Herr Ziegler lächelt Gus und mich leutselig an. Aber davon lasse ich mich nicht täuschen. Ich spüre sofort, dass es gleich unangenehm wird. Und ich behalte recht.

«Meiner Frau und mir ist aufgefallen, dass die Fahrräder in letzter Zeit hier kreuz und quer angeschlossen werden», beginnt Herr Ziegler. «Vorgestern hatte meine Frau Mühe, ihr Rad überhaupt aus dem Fahrradständer herauszubekommen. Es war richtiggehend eingekeilt.»

«Ach ja?» Ich bemühe mich, ruhig zu atmen und Herrn Ziegler direkt in die Augen zu sehen. Gleich kommt irgendeine Anschuldigung, ganz sicher!

«Also offen gesagt vermuten wir, dass es eure Räder sind, die oft so unvorsichtig zwischen die anderen geschoben werden!», sagt Frau Ziegler mit angestrengter Freundlichkeit. «Ihr Kinder seid ja oft ungeduldig, und dann donnert ihr eure Räder ohne nachzudenken mit Gewalt in den Ständer. Aber wisst ihr, so geht das nicht!» Ihr Blick wird strenger. «Unsere Fahrräder waren teuer, sehr teuer, und daher möchte ich euch wirklich bitten, in Zukunft –»

Mir ist ganz heiß geworden. Wie können die Ziegen Gus und mich einfach beschuldigen? Ich schließe mein Rad immer am Kellereingang an. Da stört es niemanden! Und Gus habe ich den Platz auch schon gezeigt. Der hat die kostbaren Fahrräder der Zieglers mit Sicherheit auch nicht angerührt. Ich blicke hilfesuchend zu Mama, aber die unterhält sich hinten am Fenster mit Frau Aalfeld und scheint die Vorwürfe der Zieglers gar nicht richtig mitbekommen zu haben. Doch, jetzt wird sie aufmerksam und kommt zu uns herüber. Diese fiese Schuldzuweisung wird sie nicht auf mir sitzenlassen, das weiß ich genau.

Aber bevor Mama fragen kann, was los ist, sagt Gus' Vater schon: «Ach je, das ist natürlich wirklich unangenehm, Frau Ziegler! Wir wohnen ja erst ein paar Tage hier, deswegen wusste August wahrscheinlich nicht, wo er sein Rad so abstellen kann, dass es niemanden stört. Aber es wird gewiss nicht wieder vorkommen. Nicht wahr, Gus? Du bist ab jetzt vorsichtig!»

Gus gibt keine Antwort. Er sieht seinen Vater nur wortlos an, und in seinem Blick liegt so viel Schmerz und Wut, dass mir der Atem stockt.

Für einen Moment scheinen alle Gespräche zu verstummen. Selbst die Zieglers wirken verunsichert. Die Spannung im Raum ist fast greifbar. Mama blickt zwischen Gus und seinem Vater hin und her. Ich spüre, dass sie überlegt, ob sie sich einschalten soll. Aber sie hat den Anfang des Ganzen nicht mitgekriegt.

«Aber was ist denn, August? Was hast du?» Anne Sperling lächelt entschuldigend in die Runde. Sie will Gus einen Arm um die Schulter legen, aber der macht sich los und stürmt wortlos zur Tür.

Rums, knallt sie hinter ihm zu!

Noch immer spricht niemand ein Wort. Gus' Vater steht mit hängenden Armen da ... schuldbewusst.

Mama und ich wechseln einen Blick. Was war DAS denn? Aber jetzt ist keine Zeit zu überlegen. Ich laufe hinter Gus her. Hoffentlich erwische ich ihn noch! Er wirkte gerade so verloren und so schrecklich zornig!

Gott sei Dank, da vorne ist er! Ein kurzer Sprint, dann bin ich an Gus' Seite.

«Gus! Warte! Was war denn eben los?»

Er verringert sein Tempo nur minimal. «Das weißt du wirklich nicht?»

Ich habe noch immer Mühe mit ihm Schritt zu halten. «Mensch, dass die Ziegen spinnen, habe ich dir doch

gleich zu Anfang erzählt! Die nimmt keiner im Haus ernst!»

«Mein Vater schon, wie du gerade gesehen hast!», schnaubt Gus.

«Ja, weil er sie noch nicht kennt! Deine Eltern können ja nicht wissen, dass die immer was zu meckern haben. Meine Mutter hätte gleich noch klargestellt, dass wir unsere Räder immer woanders parken. Und ich hätte das natürlich auch noch gesagt. Dann hätten die Ziegen ganz schön alt ausgesehen, mit ihrer Meckerei und ihren Beschuldigungen! Sie haben auch schon mal behauptet, dass Miss Elli ein Häufchen in ihren Vorgarten gesetzt hat, was totaler Quatsch war! Das wissen alle im Haus!»

«Darum geht es doch nicht!», stößt Gus hervor. «Die Zieglers sind mir so was von egal!»

Er hat wieder einen Schritt zugelegt. Ich bin schon ganz aus der Puste, gleichzeitig fröstele ich. Kein Wunder, wir sind beide ohne Jacke aus dem Haus gestürmt.

«Worum geht es denn dann?», frage ich. Aber ich glaube, ich weiß die Antwort schon.

Gus bleibt so abrupt stehen, dass wir fast zusammenprallen. «Um meinen Vater», sagt er. «Es ist immer dasselbe: Papa ergreift die Partei der anderen, bevor er mich auch nur angehört hat! Er entschuldigt sich für mich, auch wenn es nichts zu entschuldigen gibt, nicht das Geringste! Das Einzige, was für ihn zählt, ist Ärger zu vermeiden!»

«Vielleicht wusste dein Vater einfach nicht, dass es nicht unsere Fahrräder waren, die die Ziegen zugeparkt haben», sage ich.

Aber ich ahne schon, dass das nicht der Punkt ist, um den es hier geht.

«Selbst wenn es meins gewesen wäre ... na und?» Gus zieht eine Grimasse. «Deine Mutter wäre doch trotzdem für dich eingetreten, oder?»

«Ich ... weiß nicht», sage ich zögernd. Aber das ist gelogen, natürlich weiß ich es. Mama ist ungeduldig und perfektionistisch, und sie nervt mich mit ihren dauernden Verbesserungsvorschlägen, aber sie steht hinter mir, genau wie Papa. Immer. Darauf kann ich mich verlassen.

Ich habe gar nicht gemerkt, dass Gus zufällig den Weg zu meinem alten Lieblingsspielplatz eingeschlagen hat. Um diese Zeit ist kein Mensch mehr hier. Wir öffnen das schmiedeeiserne Tor und steuern ganz automatisch die Schaukeln an. Ich weiß noch, wie mühsam es für mich früher war, dort hochzukommen. Jetzt sind meine Beine zu lang, um richtig zu schaukeln. Aber zum sanften Hin- und Herschwingen reicht es noch. Manchmal fällt das Reden leichter, wenn man sich dabei nicht in die Augen sieht.

Ich zögere. Soll ich die Frage stellen, die mich beschäftigt? Auf die alles hier hinausläuft?

Ja, jetzt oder nie!

«Du hast gesagt, dass dein Vater immer die Partei der anderen ergreift», beginne ich vorsichtig. «Wie hast du das gemeint?»

Gus holt tief Luft. Einen Moment lang fürchte ich, dass er wieder ausweichen wird. Nein, dieses Mal nicht.

«Es geht um die Sache an meiner früheren Schule», sagt er langsam. «Du weißt schon: der Streit mit Marlon, von dem ich dir erzählt habe. Der Sturz, bei dem seine teure Jacke eingerissen ist ...» Gus macht eine kleine

Pause. «Der Schulleiter wollte damals, dass Marlon und ich ‹Frieden schließen›. Wir sollten uns beieinander entschuldigen, beide unsere ‹Fehler› eingestehen.» Gus sieht mich an. «Aber ich hatte keinen Fehler gemacht, verstehst du? Der Typ hatte mich gemobbt, über Monate! Und das mit der Jacke war einfach Pech! Marlon hatte mit der Schubserei angefangen. Er ist nur gestürzt, weil er nicht damit gerechnet hatte, dass ich mich irgendwann wehre. Das habe ich auch genau so erzählt. Aber der Schulleiter hat meine Version der Geschichte heruntergespielt. Dann hätte er sich ja damit auseinandersetzen müssen, dass es an seiner Schule Mobbing gab, und das wollte er nicht. Da war ein ‹Streit unter Jungs›, wie er es nannte, die bessere Variante. Denn so was ist ja ‹normal› ... Das Schlimme aber war, dass mein Vater mich gedrängt hat, meinen Teil der Schuld anzuerkennen, damit die Sache dann ‹erledigt› ist.» Gus macht eine Pause. «Der Vater von Marlon ist Anwalt. Wahrscheinlich fürchteten meine Eltern einen Rechtsstreit oder so. Ja, und irgendwann habe ich dann mitgekriegt, dass meine Eltern die Jacke von Marlon sogar ersetzt haben. Ohne mir ein Wort davon zu sagen. Ich habe die Überweisung zufällig entdeckt. Stell dir das mal vor, Juli! Wahrscheinlich haben sie noch einen Entschuldigungsbrief mitgeschickt ...»

Oh nein!

Jetzt verstehe ich Gus' Wut und seine Enttäuschung.

Und seine heftige Reaktion eben, als sein Vater ihn nicht gegenüber dem Vorwurf der Zieglers in Schutz nahm.

«Kannst du dir vorstellen, wie sich das anfühlt?», sagt Gus leise. «Wenn deinem Vater die Meinung anderer Leute wichtiger ist als du selbst?!»

Ich beiße mir auf die Lippen, fühle mich einen Moment lang ganz und gar hilflos. «So ist es bestimmt nicht», sage ich.

«Ach nein? Wie ist es denn dann?» Gus guckt mich herausfordernd an.

Ich suche nach den richtigen Worten. «Na ja, ich denke, dein Vater ist eben ... nur nicht besonders mutig», sage ich. «Du musst mit ihm reden. Du musst ihm klarmachen, wie sehr dich das verletzt!»

Gus nickt langsam. «Ja, vielleicht muss ich das. Aber nicht heute.»

Er steht auf. «Komm, wir gehen zurück. Mir wird es langsam saukalt! Kann ich noch mit zu dir, bis sich der fröhliche Haufen bei uns aufgelöst hat? Ich mag da jetzt echt nicht noch mal rein!»

«Na klar!» Ich stehe auf und gebe der Schaukel einen letzten Schubs. «Und weißt du was?»

«Na?»

«Ich überlasse dir den Hängesessel, und eine Tafel Not-Schokolade habe ich auch noch!»

16

Gus und ich haben gerade das letzte Stück Schokolade verdrückt, als wir hören, wie sich der Schlüssel im Schloss dreht. Das Nachbarschaftsfest scheint beendet zu sein.

Mama steckt den Kopf in mein Zimmer. «Na, ihr beiden, alles in Ordnung?» Dabei schaut sie vor allem Gus an.

Er nickt und wird leicht rot. «Ja, alles o. k.! Ich geh gleich runter!»

«Von mir aus kannst du gern noch bleiben», sagt Mama. «Aber ich weiß nicht, ob deine Eltern sich Sorgen machen, so schnell wie du vorhin verschwunden bist ...»

Ich vermute mal, es ist Gus im Augenblick komplett egal, ob seine Eltern sich Sorgen machen.

«Wie war es denn noch mit den Ziegen?», frage ich.

«Ach», Mama zuckt die Achseln. «Die stellen sich auch immer an! Natürlich muss man aufeinander Rücksicht nehmen, wenn man in einem Haus wohnt. Aber es geht nicht, dass sie euch beschuldigen, bloß weil ihr Kinder seid. Das habe ich Frau Ziegler auch deutlichgemacht, nachdem ihr vorhin verschwunden seid.»

Das kann ich mir lebhaft vorstellen. Ich muss grinsen. «Du warst natürlich sehr höflich!»

«Natürlich!» Mama zwinkert mir zu. «Ich bin IMMER höflich!» Sie wendet sich wieder an Gus. «Ihr dürft euch von den Zieglers nicht einschüchtern lassen, das habe ich deinen Eltern auch gesagt, als die Zieglers weg waren. Sie meinen es nicht böse, aber sie verstehen nicht, dass ihre Ansprüche an Ordnung und Sauberkeit und an was auch immer hier im Haus bei weitem nicht von allen geteilt werden. Das muss man ihnen dann manchmal freundlich klarmachen.»

Mama lächelt und zieht die Tür hinter sich zu.

Gus knüllt das leere Schokoladenpapier zu einer Kugel zusammen. «Deine Mutter ist echt in Ordnung!»

«Och, sie kann auch ziemlich anstrengend sein!», sage ich. «Es ist nicht immer leicht, es Mama recht zu machen. Warte, bis sie dir auch vorschlägt, eine Checkliste anzulegen ...»

«Was denn für eine Checkliste?», fragt Gus.

Ich winke ab. «Das erklär ich dir später mal.»

«Okay!», Gus seufzt. «Ich glaube, ich muss jetzt mal runter!»

Ich nicke und unterdrücke ein Gähnen. Es ist schon fast neun, ich bin müde und gleichzeitig noch mega aufgedreht. Kein Wunder, nach der ganzen Aufregung.

«Was ist mit unserer nächsten Aufgabe?», erkundigt

sich Gus. «Wir haben nicht mehr viel Zeit. Morgen sind die zehn Tage um, die wir verabredet hatten.»

«Jetzt sprich erst mal mit deinen Eltern», sage ich. «Über die Geschichte mit diesem Marlon, über die Sache heute und überhaupt.»

Gus grinst schief. «Du meinst, als Aufgabe? Was hat das denn mit ‹Cool in 10 Tagen› zu tun?»

Eine ganze Menge, würde ich sagen.

«Und was machst du?», fragt Gus. «Als letzte Aufgabe, meine ich.»

Ich habe schon eine Idee.

Am nächsten Tag fallen die letzten beiden Stunden aus, und ich bin früher zu Hause. Prima, dann kann ich direkt loslegen! Ich schnappe mir die ‹Cool-in-10-Tagen›-Broschüre. Die Aufgaben sind nach Schwierigkeitsgraden geordnet, die einfachen sind vorn. Ich blättere nach ganz hinten. Schließlich ist heute unser letzter Tag. Wann soll ich die ‹Coolness-Übungen für Mutige› sonst angehen?

Aber bin ich das denn – mutig? Keine Ahnung! Zumindest bin ich mutiger und selbstbewusster als vor unserem Projekt. Als die Ziegen gestern mit ihren ungerechten Anschuldigungen kamen, hätte ich mich notfalls auch selbst verteidigen können. Klar, ich war froh, dass Mama da war und ich sicher sein konnte, dass sie für mich eintreten würde. Aber auch allein hätte ich die Vorwürfe nicht stumm über mich ergehen lassen. Ich habe in den vergangenen neun Tagen wirklich einiges dazugelernt! Und deswegen traue ich mich jetzt auch an die Übungen für Mutige ran, jawoll!

Sag deine Meinung frei heraus. Wenn du in einem Restaurant schlecht bedient wirst oder das Essen nicht gut war, gib kein Trinkgeld, sondern sag offen, dass du nicht zufrieden warst!

Diese Übung ist für mich schon mal ungeeignet. Ich bin nur selten in Restaurants. Und wenn, dann bezahlen natürlich Mama oder Papa. Das Einzige, was ich mir mal selber kaufe, sind Pommes rot-weiß. Und die schmecken einfach IMMER! Ich hatte da jedenfalls noch nie was zu meckern.

Also, diese Aufgabe fällt schon mal weg. Aber vielleicht kommt ja die darunter in Frage:

Hast du eine schöne Singstimme? Oder kannst du ein Instrument spielen? Dann suche dir eine belebte Straße oder einen Platz, stell einen Hut auf und beginn zu musizieren! Tritt dabei in Kontakt mit deinem Publikum! Wirft jemand eine Münze in deinen Hut, bedanke dich mit einem Lächeln und einem freundlichen Blick! Sicher wird es sich anfangs ungewohnt anfühlen, auf diese Weise Aufmerksamkeit auf dich zu ziehen. Aber du bist jetzt so weit: Du schaffst das!

Puh, da bin ich mir ja nicht so sicher! Es war mir schon immer total schleierhaft, was Leute dazu treibt, sich auf eine Bühne zu stellen und irgendwelche Faxen zu machen. Ich meine, das ist doch der blanke Horror! Was, wenn einem urplötzlich die Stimme wegbleibt? Oder der Text? Oder die Leute einen ausbuhen? Oder oder oder ... Ich bin eben einfach keine Rampensau. Nein, Rampensau ist kein Schimpfwort! Rampensau werden Leute genannt, die Spaß daran haben, auf der Bühne zu stehen! Und diese Bühne kann gar nicht groß genug sein, jedenfalls für echte Rampensäue (Wie ist die Mehrzahl von Sau? Säue? Sauen?). Die Aufgabe finde ich also verdammt schwer! Aber ich nehme die Herausforderung an, jawohl! – Halt, was will ich eigentlich spielen? Singen werde ich auf keinen Fall! Das traue ich mich echt nicht! Also muss ich ein Instrument spielen. Leider ist das einzige Instrument, das ich halbwegs beherrsche (ihr ahnt es schon), die Blockflöte! Das ist nun wirklich peinlich! Papa wollte immer, dass ich ein richtiges Instrument spiele. Hätte ich doch Trompete gelernt oder Gitarre oder Saxophon. Das wäre wenigstens COOL! Aber BLOCKFLÖTE? Hilft nichts, ich muss jetzt anfangen zu üben. Es reicht ja, wenn ich drei verschiedene Stücke spielen kann. Länger bleibt sowieso keiner stehen, um mir zuzuhören. Wenn überhaupt jemand stehen bleibt ... Wo ist eigentlich meine Flöte? Und die Notenhefte? – Ah, beides leicht verstaubt unterm Bett! War ja klar! Wo auch sonst?

Ich übe zwei Stunden. Dann kann ich nicht mehr.

Ehrlich, mir tun die Lippen weh! Ich wusste gar nicht, dass Flöten so anstrengend ist! Aber meine Version von «Greensleeves» klingt ganz annehmbar, finde ich. Die beiden anderen Stücke gehen so. Was soll's, notfalls spiele ich eben nur «Greensleeves». Diese Panflöten-Typen in der Innenstadt spielen ja auch immer das Gleiche, jedenfalls hört sich alles sehr ähnlich an. Die weitaus wichtigere Frage ist: Wo soll mein Auftritt stattfinden? Jedenfalls nicht hier auf dem Marktplatz, wo die halbe Nachbarschaft vorbeitrabt! Es ist ja klar, dass das Ganze unter Ausschluss der Öffentlichkeit stattfinden muss. Also der Öffentlichkeit, die mich kennt! – Ah, ich hab's: Ich fahre zum Hauptmann-Platz! Der ist nicht allzu weit weg, aber weit genug. Und da ist immer ziemlich viel los. Ich werfe einen Blick auf die Uhr. Erst kurz vor fünf, später Nachmittag. Nichts wie los! Dann habe ich es hinter mir. Wenn ich bis morgen warte, wird der Grusel vor meiner Aktion wahrscheinlich eher größer. Außerdem ist das Wetter schön, und heute ist Tag 10.

Ich packe Flöte, Heft, Notenständer und eine kleine Flasche Wasser in meinen Rucksack. Halt, ich darf mein Käppi nicht vergessen! Einen Hut besitze ich nicht, aber die Leute müssen ja ihr Geld irgendwo reinwerfen können.

Als ich zehn Minuten später mein Fahrrad am Hauptmann-Platz anschließe, habe ich ein verdammt mulmiges Gefühl im Bauch. Soll ich das hier wirklich durchziehen? Noch könnte ich umdrehen und wieder nach Hause radeln. Nein! Ich bringe das ‹Cool-in-10-Tagen›-Projekt jetzt zu Ende! Und zwar mit einer angemessenen Aufgabe!

Entschlossen steuere ich den kleinen Brunnen in der Mitte des Platzes an und fange an, meinen Notenständer aufzubauen. Gut, dass es heute einigermaßen windstill ist, sonst würde mir das klapprige Ding mitsamt Notenheft glatt wegfliegen. Jetzt noch die umgedrehte Kappe davor, fertig!

Einige Passanten blicken bereits neugierig zu mir rüber. Oje, hoffentlich erwarten die jetzt nicht den Auftritt eines Supertalents! Ich packe die Flöte aus. Mist, meine Hände zittern! Das kann ich jetzt natürlich überhaupt nicht brauchen! Für einen Moment schließe ich die Augen, zwinge mich, ruhig ein- und auszuatmen. Und da fällt mir Omas berühmte Frage ein: Was kann mir schlimmstenfalls passieren? – Mal überlegen: Dass ich mich verspiele, dass meine Flöte peinliche Quietschtöne von sich gibt, dass ein paar Leute hinter vorgehaltener Hand lachen. Aber mehr auch nicht. Das werde ich überleben. Also!

Entschlossen setze ich die Flöte an die Lippen. Oje, die ersten Töne klingen tatsächlich ziemlich jämmerlich. Mein Atem ist einfach noch zu unruhig. Ich warte einen

Moment, setze dann erneut an. Jetzt geht es besser, zumindest ist die Melodie von «Greensleeves» zu erkennen. Die Augen starr auf das Notenblatt geheftet, spiele ich das Lied durch. Die Passanten, die an mir vorbeigehen, versuche ich nicht zu beachten. Jedes zufällige Kopfschütteln, jedes leise Kichern, selbst ein belustigter Gesichtsausdruck würden mich aus der Fassung bringen. Aus den Augenwinkeln sehe ich, dass jemand stehen geblieben ist. Ich blicke auf. Eine junge Frau mit Kinderwagen zeigt lächelnd auf das Käppi.

«Da müssen ein paar Münzen hinein», raunt sie mir zu. «Damit die Leute sehen, wozu es da ist!»

Ich kriege einen roten Kopf. Klar, wieso habe ich daran nicht selber gedacht? Das machen Straßenmusiker doch immer so. Moment, habe ich überhaupt Geld dabei? Ich will in meiner Tasche wühlen, aber die Frau winkt lächelnd ab.

«Lass mal, ich mach das!»

Sie zaubert zwei Fünfzigcentmünzen aus der Tasche, wirft sie in das Käppi, blinzelt mir verschwörerisch zu und geht weiter.

Wahnsinn, mein erstes selbstverdientes Geld, und das als Musikerin! Von Oma habe ich schon mal Geld fürs Unkraut-Jäten bekommen, aber das war etwas anderes. Was soll ich als Nächstes spielen? «Namika» von Cro ist das zweite Stück, das ich geübt habe. Da wage ich mich

jetzt mal ran. Ooops, das klingt ein bisschen holperig! Nee, lieber noch mal «Greensleeves». Ich versuche jetzt mal, die Augen vom Notenblatt zu lösen, die Leute anzuschauen. Das gehörte ja auch zu meiner Aufgabe. Wieder landet eine Münze in meinem Käppi! Ich nicke dem Spender freundlich zu. Danke sagen geht schlecht mit Flöte im Mund. Zwei Frauen in Mamas Alter schlendern kopfschüttelnd an mir vorbei. Ich schnappe das Wort «Bettelei» auf. Oje, reden die etwa über mich? Mein Gesicht beginnt zu glühen. Zack, jetzt habe ich mich verspielt! Ich muss mich wieder auf die Noten konzentrieren. Zum Glück sind die Frauen bereits aus meinem Sichtfeld verschwunden ... puh!

Nach «Greensleeves» versuche ich mich erneut an «Namika». Jetzt läuft es etwas besser. Klar, ich bin nicht mehr ganz so aufgeregt wie zu Anfang. Oje, da hinten kommt ein Polizist! Ist das etwa verboten, was ich hier mache? Nein, der Uniformierte mustert mich nur kurz und geht dann rüber zu den Autos, die kreuz und quer im Parkverbot stehen.

Und dann passiert es:

Ich spiele gerade zum dritten Mal «Greensleeves», als ich sie sehe: meine Butterkuchen-Spenderin von neulich! Die nette Omi aus der Bäckerei!!! Sie scheint mich auch erkannt zu haben. Jedenfalls reckt sie ihr Kinn und steuert energisch auf mich zu! OH NEIN!! Was muss die denn von mir denken? Erst kein Geld für Butterkuchen und jetzt Straßenmusik ... Es ist zu spät, das Käppi mit den Münzen verschwinden zu lassen, sie steht schon vor mir.

«Du bist doch das Mädchen, das neulich kein Geld für den Butterkuchen hatte, oder?» Die Omi mustert mich besorgt. «Kind, was machst du denn hier?» Sie senkt ihre Stimme. «Hast du etwa kein Zuhause?»

«Doch doch ... natürlich!» Ich verstecke die Flöte hinter meinem Rücken. «Ich mache das hier nur, weil –»

«Schon gut! Schon gut!» Die alte Dame legt mir besänftigend die Hand auf den Arm. «Du musst mir nichts erklären! Weißt du was: Du packst deine Sachen jetzt ein, und dann besorgen wir dir erst mal etwas Gutes zu essen. Und dabei überlegen wir, wie dir geholfen werden kann! Du wirst sehen, es gibt da sehr nette Menschen beim Jugendamt, die ...»

Um Himmels willen, die Butterkuchen-Omi denkt tatsächlich, dass ich gerettet werden muss! Mama flippt aus, wenn das Jugendamt bei uns anrückt! Ich muss jetzt die Nerven behalten!

«Nein, nein, bitte! Hören Sie, Frau ... äh ...?»

«... Rosenholz, Irmchen Rosenholz», stellt sich die Butterkuchen-Omi freundlich vor.

«Ich kann Ihnen das alles erklären, Frau Rosenholz», beteuere ich, «wirklich!»

Und das tue ich dann auch.

Es dauert eine ganze Weile, bis ich Irmchen Rosenholz davon überzeugt habe, dass ich weder ausgerissen bin noch von meinen Eltern vernachlässigt werde, sondern unsere beiden zugegebenermaßen etwas merkwürdigen Begegnungen mit dem Coolness-Programm zusammenhängen.

Frau Rosenholz schüttelt den Kopf. «Aber Kind, das ist ja eine verrückte Geschichte! Warum wollt ihr denn bloß alle unbedingt *cool* sein?»

Einträchtig sitzen wir nebeneinander auf einer Bank und teilen uns ein Plunderteilchen. (Dieses Mal habe ich die Omi eingeladen. Leider haben meine Einnahmen nur für ein Kuchenstückchen gelangt. Ich glaube, bis ich mit meinem Flötenspiel Konzerthallen fülle, dauert es noch ein Weilchen.)

Meine neue Freundin tupft sich dezent etwas Zuckerguss aus dem Mundwinkel und schaut mich dann fragend an. «Also jetzt erklär mir das mal: Warum reicht es denn

heutzutage nicht mehr aus, einfach nett und freundlich zu sein?»

Ich überlege einen Moment. «Das ist natürlich immer noch wichtig! Aber cool will man eben außerdem sein. Ich glaube, früher hieß das einfach nur anders.»

«Da hast du wohl recht!» Frau Rosenholz schmunzelt. «Damals sagte man lässig, schneidig oder auch gewitzt, wortgewandt, charmant, selbstbewusst, schlagfertig ...»

Ich nicke. «Genau, cool eben!»

Frau Rosenholz lacht. «Ich verstehe! So wie Sean Connery, der erste James Bond, also 007! Der war wirklich cool! Die Schauspieler, die danach kamen, waren dagegen kalter Kaffee!»

«Findest du auch, dass Sean Connery der beste James Bond von allen war?», frage ich Mama am Abend.

Sie mustert mich verwundert. «Wie kommst du denn auf James Bond?»

«Ach nur so!»

Besser ich wechsele schnell das Thema. Ich werde Mama irgendwann von Frau Rosenholz erzählen, wie ich sie kennengelernt habe und so, aber nicht heute. Heute habe ich ein anderes Anliegen. «Du, sag mal, Papa wollte doch immer, dass ich ein Instrument lerne. Meinst du, sein Angebot steht noch?»

«Du meinst, ob Papa den Unterricht bezahlen würde?» Mama schaut mich an. «Ja, ich denke schon, und ich würde das auch unterstützen. Welches Instrument interessiert dich denn?»

«Gitarre! Ich glaube, ich würde gerne Gitarre lernen. Wir haben in der Schule ja eine Bigband, bei der könnte ich dann irgendwann mitmachen.»

Mama zieht erstaunt die Augenbrauen hoch. «Tritt die Bigband nicht richtig oft auf? Also bei Schulfesten und so? Hättest du denn dazu Lust?»

Klar, wieso nicht?

17

Ich finde ja, Samstag ist der schönste Tag der Woche! Da schlafen Mama und ich immer richtig aus. Dann schlendern wir zusammen über den Wochenmarkt, um Leckereien fürs Frühstück auszusuchen: frisches Obst, Brezeln, cremigen Käse, Blaubeer-Muffins oder Croissants. Das lassen sich Mama und ich uns anschließend schmecken. Kürzlich hat Mama sich einen dieser peinlichen Hackenporsche gekauft. Das sind diese großen Einkaufstaschen auf Rollen – mega uncool, aber praktisch.

Heute ziehen wir zusammen mit dem Ding los, weil Mama gaaanz viel einkaufen will. Heute Abend kommen nämlich ihre Freundinnen zu Besuch. Es soll Gemüse-Lasagne mit Salat geben und hinterher rote Grütze. Lecker! Ich werde Mama fragen, ob ich Gus dazu einladen darf. Zum feierlichen Abschluss unseres Coolness-Programms sozusagen. Überhaupt Gus: Ich muss unbedingt wissen, wie das Gespräch mit seinen Eltern gelaufen ist! Ob sie verstanden haben, warum Gus bei dem Nachbarschaftsfest so wütend geworden ist? Hoffentlich!

Auf dem Markt ist mal wieder der Bär los, überall

herrscht Gedränge. Das muss an dem guten Wetter liegen.

Mama drückt mir einen Geldschein in die Hand. «Hier, kannst du dich schon mal beim Käse-Mann anstellen, Juli? Du weißt ja, was wir brauchen! Lass den Parmesan für die Lasagne am besten gleich raspeln. Ich besorge inzwischen das Gemüse und hol dich dann ab!»

«Okay!» Bereitwillig trabe ich hinüber zum Käse-Wagen und stelle mich in die Schlange. Oje, das kann dauern hier! Der Käse-Mann lässt immer alle probieren ...

«Guten Morgen, Juli!»

Direkt vor mir in der Schlange steht Gus' Mama. Ich habe sie glatt übersehen!

«Na, bist du ganz alleine einkaufen?»

«Nee», ich schüttele den Kopf. «Mama ist drüben beim Gemüse.»

«Verstehe!» Anne Sperling nickt mir lächelnd zu.

Ob ich sie noch mal auf die Sache mit den Zieglers anspreche? Nein, lieber nicht! Das hat Mama ja schon geklärt.

«Ist Gus nachher zu Hause?», frage ich stattdessen. «Dann würde ich heute Nachmittag mal bei euch klingeln!»

Anne Sperling überlegt. «Ich bin nicht sicher, aber ich glaube, Gus und Michael wollten zum Fußball.»

Wenigstens nennt sie ihn endlich mal ‹Gus› statt ‹August›. Und anscheinend haben sich Vater und Sohn bei ihrer Aussprache nicht so zerstritten, dass sie kein Wort mehr miteinander reden. Das ist ja schon mal ein gutes Zeichen!

«Wollten die beiden auf den Trainingsplatz im Stadtpark?»

Den Platz habe ich Gus bei unserem Spaziergang mit Miss Elli neulich gezeigt.

«Nein, nein», Gus' Mama schüttelt den Kopf. «Sie wollten sich ein Spiel im Stadion ansehen! Also, falls sie noch Karten dafür bekommen. Selber spielen darf Gus ja im Moment nicht! Nach dem Sehnenriss vor ein paar Wochen hat er striktes Sport-Verbot. Er humpelt zwar nicht mehr, aber sein Bein soll erst richtig verheilen!»

«Aber –»

Stopp! Schnell klappe ich den Mund wieder zu, jetzt hätte ich mich fast verplappert! Gus hat mir doch erzählt, dass er bei diesem Fußballspiel in der Schule im Tor gestanden hat. Das war unsere ... ja, die vierte Aufgabe! (*Probiere etwas Neues aus! Wage etwas, das du noch nie getan hast!*) Dass Gus sich nicht an das strikte Sportverbot des Arztes hält, soll seine Mutter mal besser nicht erfahren, und schon gar nicht von mir. Ehrlich gesagt finde ich es ganz schön verrückt, was Gus da gemacht hat. Die Sehne hätte doch erneut reißen können! Warum hat er sich nicht einfach eine andere Herausforderung überlegt?

«Wenn die beiden für das Fußballspiel keine Karten mehr bekommen, kann Gus nachher gern bei mir klingeln!», sage ich. «Ich bin heute Nachmittag zu Hause!»

«Alles klar, Juli! Das sage ich ihm!»

Tatsächlich steht Gus um kurz nach drei vor meiner Tür.

«Hat nicht geklappt mit den Karten für das Spiel!», berichtet er. «Aber bei dem schönen Wetter habe ich keine Lust, drin zu hocken. Wollen wir eine Runde mit Miss Elli drehen?»

Klar, warum nicht?

Frau Aalfeld freut sich immer, wenn ich Miss Elli spontan abhole. «So bekommt meine alte Dame wenigstens ordentlich Auslauf!», lächelt sie und drückt mir die Leine in die Hand. «Also, bis später, und Danke schon mal!»

Wir schlagen den Weg zum Park ein. Miss Elli ist heute überraschend fit. Munter trabt sie auf ihren kurzen Dackelbeinchen vor uns her. Ich werfe Gus einen verstohlenen Seitenblick zu. Soll ich ihn fragen, ob er mit seinem Vater gesprochen hat? Nein, lieber nicht. Ich warte erst mal ab, ob Gus von sich aus mit dem Thema anfängt. Außerdem habe ich ihm noch gar nicht von meinem Flötenauftritt und der Begegnung mit der Butterkuchen-Omi erzählt. Das hole ich jetzt nach.

Gus ist sichtlich beeindruckt. «Dass du dich das getraut hast!», staunt er. «Wahnsinn!»

«Mir haben auch ganz schön die Knie gezittert!», gebe ich zu. «Weißt du, ich habe ja gemerkt, dass die Leute mich anstarren. Ein paar haben sogar gekichert ...»

«Aber du hast es trotzdem durchgezogen!» Gus schaut mich bewundernd an. «Wow!»

«Na hör mal, DU hast deine Aufgabe neulich auch durchgezogen, obwohl du es eigentlich gar nicht durftest!», sage ich.

Gus' Gesicht ist ein einziges Fragezeichen. «Hä? Was meinst du?»

«Na, das Fußballspiel! Deine Premiere als Torwart!

Deine Mutter hat mir erzählt, dass du eigentlich zurzeit gar keinen Sport machen darfst! Und dann suchst du dir ausgerechnet das als Aufgabe aus! Wie habt ihr noch mal gespielt? 3:2, oder?»

«Ach so, das meinst du ...»

Gus weicht meinem Blick aus. Auf seinen Wangen haben sich zwei rote Flecken gebildet. Nanu, was ist denn mit ihm los? Ach so, vielleicht fürchtet er, dass ich mich verplappert habe?

«Keine Sorge», ergänze ich schnell. «Ich habe deiner Mutter natürlich kein Wort davon gesagt, dass du trotz deinem Sport-Verbot Fußball gespielt hast!»

Gus sagt immer noch nichts. Schweigend stapft er neben mir her, die Hände tief in den Taschen vergraben.

Kapier ich nicht! Wieso ist er denn plötzlich so komisch? «Habe ich irgendwas Falsches gesagt?»

Keine Antwort.

Ich bleibe stehen und packe Gus am Ärmel. «Hey, jetzt sprich doch mal mit mir!»

Gus schaut mich noch immer nicht an. Irgendwas ist komisch mit ihm.

«Komm schon!», bitte ich. «Ist irgendwas passiert? Etwas Schlimmes? Jetzt sag endlich!»

Gus holt tief Luft.

«Du wirst total sauer auf mich sein!» Seine Stimme ist rau vor Anspannung. Er räuspert sich.

Langsam bekomme ich richtig Angst. Himmel, was ist denn bloß los?

Miss Elli bellt auffordernd und zieht ungeduldig an der Leine, sie will weiter, Richtung Park. Aber Gus und ich stehen da wie festgetackert.

«Das Fußballspiel neulich, das in der Schule», fängt Gus so leise an, dass ich Mühe haben, ihn zu verstehen. «Also, in Wirklichkeit habe ich gar nicht mitgespielt. Ich habe die ganze Zeit auf der Bank gesessen.»

Hä? Ich verstehe nur Bahnhof. «Aber du hast mir doch erzählt, dass du im Tor gestanden hast», sage ich verwirrt, «zum ersten Mal! Und dass du dich sogar freiwillig dafür gemeldet hast.»

«Ich weiß, was ich gesagt habe.» Gus nickt. «Aber es war gelogen.»

«Wie? Du hast dir das nur ausgedacht?», frage ich verdattert. «Aber warum?»

Gus zuckt hilflos die Achseln.

«Jetzt sag schon», fordere ich, «warum hast du mich angelogen?»

Endlich sieht er mich an. «Wie soll ich das erklären? – Du hast alles, was du dir vorgenommen hast, geschafft, Juli! Jede einzelne Aufgabe! Die vertrackte Situation in der Bäckerei, den Platzwechsel in der Schule, die Einmischung im Bus ... einfach alles! Da wollte ich eben auch ...» Er bricht ab. «Ich wollte nicht ... hinter dir zurückstehen!»

Das glaube ich jetzt nicht! Und plötzlich kommt mir ein Verdacht ... ein ungeheuerlicher Verdacht ...

«Und alles andere, was du mit unserem Coolness-Programm erlebt hast?», frage ich. «Du weißt schon: die Geschichte mit dem alten Mann im Bus? Die Leute auf der Straße, die dir umständlich den Weg erklärt haben? Die Diskussion über Windenergie, an der du dich angeblich beteiligt hast? Was ist damit?»

Gus blickt zu Boden, er schüttelt langsam den Kopf.

Ich schlucke. «Heißt das, du hast nichts davon wirklich erlebt? Du hast dir das alles nur ... ausgedacht?»

Ich weiß nicht, ob ich die Antwort wirklich hören will.

«Alles», gibt er tonlos zu.

Ich fasse es nicht, und langsam, aber sicher verwandelt sich meine Fassungslosigkeit in Wut.

Gus will etwas sagen, aber ich bringe ihn mit einer Handbewegung zum Schweigen. «Nee, jetzt bin ich dran!! Das heißt also, ICH arbeite mich durch alle Aufgaben, erzähle dir ehrlich von jeder, wirklich jeder Peinlichkeit, ich lasse nichts aus! Gar nichts! Und du, du denkst dir deine Geschichten einfach AUS?!» Meine Stimme wird immer lauter. «Aber warum? Wolltest du dich über mich lustig machen? Hast du heimlich über mich gelacht, weil ich so dämlich war, unser Coolness-Programm ernst zu nehmen?»

Gus hebt die Hände. «Nein, Juli, ehrlich! Das war es

nicht! Ich war einfach nur … feige! Du hast dich so viel getraut in den letzten zehn Tagen! Und ich … ich hab es einfach nicht hingekriegt!»

Ich kapiere es noch immer nicht.

«Ich habe dich doch nicht GEZWUNGEN, bei dem Coolness-Projekt mitzumachen! Du hättest doch SAGEN können, dass du keinen Bock darauf hast! Anstatt mich die ganze Zeit zu belügen!»

«Es tut mir leid!» Gus schüttelt den Kopf. «Ich hatte einfach Angst, mich zum Affen zu machen.»

Das wird ja immer besser!

«Ach so, verstehe: ICH durfte mich zum Affen machen, ja? Das war in Ordnung? Aber DU konntest natürlich nicht riskieren, peinlich aufzufallen. Da tischst du mir lieber eine Lügengeschichte nach der anderen auf! Tolle *Freundschaft*!» Ich male mit den Fingern Anführungszeichen in die Luft. «Das war's mit uns! Schönes Restleben noch, AUGUST!»

Ich lasse Gus einfach stehen und stürme mit Miss Elli davon. Wie konnte er mir das antun? Wie konnte Gus mich derartig anlügen? Das verzeihe ich ihm NIE!

Erst als mich entgegenkommende Spaziergänger neugierig mustern, merke ich, dass mir Tränen über die Wangen laufen.

18

Der Rest des Nachmittags schlurft dahin. Nachdem ich Miss Elli bei Frau Aalfeld abgeliefert habe, verkrieche ich mich in meinem Zimmer. Zum Glück ist Mama bereits in der Küche mit den Vorbereitungen für ihr Festmahl beschäftigt. Sie würde sonst mit Sicherheit merken, dass mit mir etwas nicht in Ordnung ist, und anfangen, mir tausend Fragen zu stellen.

Aber ich will jetzt nicht reden, und schon gar nicht über meinen Streit mit Gus. Eigentlich ist es ja auch gar kein Streit, sondern schlimmer! Bei einem Streit ist man über irgendwas unterschiedlicher Meinung. Man ärgert sich übereinander, brüllt sich vielleicht sogar an, und früher oder später verträgt man sich wieder. Aber das hier ist anders. Gus und ich, wir hatten eine Vereinbarung getroffen, eine, die nur uns beide anging. Und dann hat er mich tagelang angelogen und hintergangen.

Durch Gus' Lügerei fühlt sich alles, was ich selbst in den letzten zehn Tagen geschafft habe, plötzlich albern und idiotisch an! Dabei war ich vorher echt stolz darauf! Ja, ich hatte das Gefühl, dass sich etwas geändert hat, dass ICH mich geändert habe. Dass ich mutiger, offener und selbstbewusster geworden bin, mich nicht mehr so schnell unterkriegen lasse. Und jetzt hat das alles so einen blöden Beigeschmack bekommen.

Ich bin so was von enttäuscht und sauer! Statt meines kuscheligen Hängesessels hätte ich heute lieber einen Boxsack, um mich daran auszutoben.

Gegen Abend knurrt mir der Magen. Vielleicht kann ich in der Küche ja schon ein paar Happen von Mamas Festmahl abstauben?

Auweia – hier herrscht ja echt Chaos! Mama ist voll im Stress, ihre Jeans ist voller Tomaten-Spritzer, in der Spüle türmt sich das Geschirr, und auf dem Herd brodelt es wild in zwei Töpfen.

«Ach Juli, gut, dass du da bist!» Mama schiebt sich hektisch eine Haarsträhne hinters Ohr. «Auf dem Lasagne-Rezept stand ‹einfach›, deshalb habe ich gedacht, ich mache noch rasch eine italienische Gemüsesuppe vorweg. Aber damit habe ich mich wohl ein bisschen übernommen!» Sie seufzt und wirft einen Blick auf die Uhr.

Mama kocht nur selten für mehrere Leute. Ich glaube, diese Einladung heute stresst sie mehr als ein Wochenendseminar für zwei Dutzend Wirtschaftsbosse. Ehrlich gesagt finde ich es ganz beruhigend, mal zu sehen, dass Mama in irgendetwas nicht so perfekt ist wie sonst immer.

Sie wirft mir einen Blick zu und runzelt die Stirn. «Sag nichts, Juli! Ich weiß genau, was du denkst!»

«Weißt du nicht!»

«Oh doch!» Sie wackelt mit dem Finger vor meiner Nase. «Ich kann nämlich Gedanken lesen, zumindest deine! Und jetzt binde dir eine Schürze um, falls du eine findest, und hilf mir! BITTE!»

Also gut.

Tatsächlich bekommen wir Mamas Menü zusammen ganz gut hin. Die Gemüsesuppe ist zwar ein klein bisschen versalzen und die rote Grütze noch ein bisschen flüssig, aber die Lasagne sieht super aus. Zum Glück schaffen wir es sogar, die Küche einigermaßen aufzuräumen und den Tisch zu decken, bevor Mamas Gäste kommen.

«Möchtest du vielleicht Gus zum Essen einladen oder Stine?», fragt Mama.

Ich schüttele schnell den Kopf. «Stine ist gar nicht da. Ihre Oma hat dieses Wochenende Geburtstag.»

«Und was ist mit Gus?» Mama blickt mich fragend an. «Er kann gerne mitessen, wenn er mag! Ist genug da!»

«Nö, lass mal!» Ich zupfe an den Servietten herum, die ich gerade sorgsam gefaltet habe.

«Na gut», Mama zwinkert mir zu. «Dann machen wir heute eben einen reinen Mädelsabend!»

Viele von Mamas Freundinnen kenne ich, seit ich auf der Welt bin, und die meisten kann ich sehr gut leiden.

Sie begrüßen mich mit Küsschen, finden, dass ich «wahnsinnig groß und hübsch» geworden bin, stürzen sich auf den Prosecco, den Mama herumreicht, und reden ständig alle gleichzeitig. So fällt gar nicht auf, dass ich mich selbst kaum am Gespräch beteilige und mich nach dem Essen in mein Zimmer verziehe.

Wo sind denn meine Kopfhörer? Ah da! Ich stülpe sie mir auf die Ohren und stelle ein Hörbuch an. Aber ich kriege nicht viel davon mit. Immer wieder kreisen meine Gedanken um Gus. Ist er wirklich allein schuld an der ganzen Geschichte? Klar war es blöd von ihm, mich tagelang anzulügen und mir all diese Geschichten aufzutischen! Aber ich habe vorher auch ganz schön Druck gemacht! UNBEDINGT wollte ich dieses ‹Cool-in-10-Tagen›-Programm mit ihm durchziehen! Ich habe ihn überredet, ihm kaum eine Wahl gelassen. Obwohl Gus von Anfang an zögerlich war. Kein Wunder, er hatte gerade diese blöde Marlon-Geschichte hinter sich, dann kam der Umzug, dann die Eingewöhnung in eine neue Klasse ... Da war ihm das ‹Cool-in-10-Tagen›-Programm einfach zu viel. Das hätte ich sehen müssen! Stattdessen bin ich über sein Zögern hinweggetrampelt wie eine Herde Büffel ...

Ich seufze. Irgendwie ist mir kalt. Ich schlüpfe in meinen wärmsten Schlafanzug, rolle mich in meinem Bett zusammen und ziehe die Beine dicht an meinen Körper.

Aber das Frösteln bleibt.

Am nächsten Morgen kuschelt sich Mama zu mir ins Bett. «Hallo, kleine Schlafmütze! Wollen wir nicht langsam mal frühstücken?»

Ich brummele vor mich hin. Wieso ist Mama denn schon so munter? Sie ist doch bestimmt total spät ins Bett gekommen! Wie ich Mama kenne, hat sie noch die ganze Wohnung aufgeräumt, bevor sie schlafen gegangen ist. Aber anscheinend ist sie trotzdem schon in Quassellaune.

«Es war noch sehr lustig gestern Abend! Alle haben mein Essen gelobt!»

«Unser Essen!», verbessere ich gähnend.

«Gut: Alle haben UNSER Essen gelobt!» Mama lächelt. «Von der Lasagne ist noch was übrig. Die können wir beide uns heute Abend warm machen! Und ein bisschen rote Grütze ist auch noch da.» Sie richtet sich auf. «Sag mal, Juli, wäre es … äh … in Ordnung, wenn du nächsten Samstagabend alleine bleiben würdest? In der Altstadt soll eine neue Bar aufgemacht haben. Da würde ich gern mal mit Annika und Maike hingehen.»

Ich nicke. «Klar, kein Problem! Ich bin doch kein Baby mehr!»

Mama soll ruhig mal öfter ausgehen und Spaß haben. Seit der Trennung von Papa ist sie fast immer nur im Büro oder hier zu Hause, und dann hockt sie auch meistens am Schreibtisch.

«Schön, dann gebe ich Annika nachher Bescheid, dass ich am Samstag dabei bin!» Mama steht auf, reckt sich und tritt ans Fenster. «Nanu», sagt sie verwundert, «was ist denn das?»

Ihr Ton lässt mich aufhorchen. «Wieso? Was meinst du?»

«Da unten hat jemand ein Bild auf den Asphalt gemalt», berichtet Mama, «direkt vor unserem Haus! Guck mal, das ist richtig groß!»

«Echt?» Ich springe auf.

Wenn das die Geschwister aus dem Nachbarhaus waren, können sie sich warm anziehen. Die Zieglers stehen bestimmt schon bei ihren Eltern auf der Matte, um sich zu beschweren.

19

Über Mamas Schulter luge ich neugierig nach unten. Nein, das Bild da unten haben keine Sechsjährigen gemalt! Dazu ist es viel zu perfekt.

Mama kneift die Augen zusammen. Ich habe noch nie verstanden, wieso ausgerechnet das helfen soll, besser zu sehen.

«Kannst du erkennen, was genau das darstellen soll?», fragt sie.

Klar, das in der Mitte ist ein Peace-Zeichen mit einem großen Regenbogen darüber, und darunter stehen zwei Worte. Ich öffne das Fenster, um sie besser entziffern zu können. Schließlich wohnen wir im vierten Stock. ‹SO SORRY!›

«Was hat das wohl zu bedeuten?» Mama blickt mich fragend an. Aber bevor ich antworten kann, geht unten die Haustür auf. Wir beugen uns vor, um besser sehen zu können.

«Aber das ist ja Gus!» Mama zieht ihren Bademantel fester um sich. «Was macht er denn da? Meinst du, er hat das Bild gemalt?»

Ich nicke langsam.

Inzwischen hat sich Gus auf den Asphalt gesetzt, genauer gesagt, mitten in sein Bild. Aber so, dass das Peace-Zeichen und das ‹SO SORRY!› noch gut zu erkennen sind. Die Beine hat er zum Schneidersitz gekreuzt. Gus sitzt ganz still da, wie einer dieser Buddhas, die man manchmal in den Auslagen asiatischer Läden sieht. Nur dass Gus nicht so dick ist.

«Was macht er denn da?», fragt Mama entgeistert. «Weißt du, was das zu bedeuten hat, Juli?»

Oh ja, ich denke schon!

Gus ist jetzt nicht mehr allein. Seine Eltern sind rausgekommen und reden eifrig auf ihn ein. Von hier oben aus kann ich nicht verstehen, was sie sagen. Aber ich kann es mir lebhaft vorstellen ...

Puh, die beiden scheinen ganz schön aus dem Häuschen zu sein. Offensichtlich wollen sie Gus überreden, seine Aktion vor dem Haus sofort zu beenden. Sie haben bestimmt Angst davor, was die Nachbarn dazu sagen. Aber Gus rührt sich nicht von der Stelle.

Jetzt sind auch die Winterbergs aus dem zweiten Stock aufgetaucht. Sie werfen einen etwas irritierten Blick auf Gus und sein Gemälde, grüßen höflich und gehen dann einfach weiter. Ich glaube, die Winterbergs sind nicht so schnell aus der Ruhe zu bringen.

Kaum sind sie außer Sichtweite, tauchen unten Frau

Aalfeld und Miss Elli auf. Ich muss sagen: Für einen Sonntagmorgen ist ganz schön was los bei uns im Haus!

Miss Elli freut sich offensichtlich, Gus zu sehen. Jedenfalls begrüßt sie ihn stürmisch und versucht, ihm das Gesicht abzulecken. Gus lässt alles ruhig geschehen, rührt sich aber nicht vom Fleck.

Oh nee, jetzt wird's bestimmt gleich ungemütlich: Da hinten naht Frau Ziegler! Bestimmt kommt sie von ihrer sonntäglichen Walking-Runde zurück! Ihre Stöcke hämmern ein bedrohliches Stakkato auf den Gehweg. Tock tock tock! Jetzt hat sie die Bescherung vor unserer Haustür entdeckt. Ihre Augen scheinen sich zu weiten. Sogar von hier oben ist deutlich zu erkennen, dass ihr schmales Ziegengesicht puterrot anläuft.

Auweia!

«Ich muss runter!»

Zum Glück liegen meine Sachen von gestern noch über dem Stuhl. Ich schlüpfe eilig hinein und stürme dann barfuß die Treppe hinunter. Etage für Etage. Ich hab nicht die geringste Ahnung, was ich tun werde, wenn ich unten bin. Aber ich kann Gus jetzt nicht alleinelassen!

Außer Atem reiße ich die Haustür auf.

«... das geht nun wirklich zu weit!», höre ich Frau Ziegler zetern. «Du kannst doch nicht einfach den ganzen Eingangsbereich vollmalen und dich dann da vor unser Haus auf die Straße hocken, also wirklich! Eine Frechheit ist das!» Sie schnaubt. Jetzt hat sie mich entdeckt. «Ah Juli, hast du etwa auch mitgemacht, bei dieser Schmiererei hier?»

«Nein, das hat sie nicht!» Gus schüttelt energisch den Kopf und verfällt dann wieder in Schweigen.

«Schade, warum denn nicht?» Direkt hinter mir sind jetzt Rabea und ihr Freund aufgetaucht. «Also, ich finde das Ganze hier echt cool!» Rabea streicht ihre knallrot gefärbten Haare nach hinten und grinst Frau Ziegler frech an. «Ist doch sonst schon grau genug hier, finden Sie nicht?» Rabea wendet sich an ihren Freund. «Hey, was sagst du dazu, Yussuf? Eine Kunst-Performance am Sonntagvormittag! Und das in unserer Spießer-Hütte, voll krass!»

Frau Ziegler schnappt nach Luft. «Ich muss doch sehr bitten!»

«Also ich finde das Bild auch sehr schön, was der August da gemalt hat», mischt sich jetzt auch Frau Aalfeld ein. «Ich weiß zwar nicht, wer diese Soh Sorri ist, für die er es gemalt hat und warum er sich mitten reingesetzt hat, also in sein Bild. Ich meine, das gibt ja sicher Flecken auf der Hose. Aber das wird schon alles seinen Grund haben!»

Gus lächelt Frau Aalfeld dankbar an.

«Nein, so geht das nun wirklich nicht!» Frau Ziegler scheint sich inzwischen warmgelaufen zu haben. Sie wendet sich an die Sperlings. «Jetzt unternehmen Sie doch endlich mal was! Es ist schließlich IHR Sohn, der hier im Weg herumsitzt und mit dieser Malerei unseren Eingang verschandelt!»

Michael Sperling hebt hilflos die Arme. «Ja, was sollen wir denn tun?»

Herta Ziegler stemmt die Hände in die Seiten. «Machen Sie Ihrem Bengel klar, dass er nicht den Eingang blockieren und anderer Leute Eigentum beschmieren darf! Und wenn Sie das nicht schaffen, dann übernehme ich das!»

Tatsächlich macht Frau Ziegler einen Schritt auf Gus zu und hebt einen ihrer Walking-Stöcke.

Ich schnappe nach Luft. Himmel, sie wird doch nicht wirklich …? Ich drehe mich zu Gus' Eltern um.

«HALT!»

Michael Sperling steht plötzlich neben Gus. An seinem Hals haben sich rote Flecken gebildet, er legt die Hand auf Gus' Schulter und richtet sich zu seiner vollen Größe auf. «L-l-lassen Sie August sofort in Ruhe, Frau Ziegler! Das Ganze hier mag … äh … ungewöhnlich sein! Aber soweit ich sehe, stört es außer Ihnen niemanden.» Gus' Vater räuspert sich und spricht dann mit festerer Stimme weiter. «Weder wird der Hauseingang blockiert, noch nimmt jemand Schaden.»

«Genau!», ergänzt Anne Sperling. «Außerdem ist für heute Nachmittag Regen angesagt, dann wird sich das

Problem ohnehin von selber lösen. Das Bild ist schließlich mit Kreide gemalt.»

Rabea stößt einen anerkennenden Pfiff aus. «So isses! Schade eigentlich! Dein Bild gefällt mir, Gus!» Sie greift nach der Hand ihres Freundes. «Na komm, Yussuf, ich glaube, die Show ist vorbei. Wir gehen jetzt Brötchen holen!»

«Und wir drehen mal unsere Morgenrunde, was, Miss Elli?!» Frau Aalfeld winkt freundlich in die Runde und lässt dabei nicht mal Frau Ziegler aus. «Einen schönen Sonntag allerseits!»

«Gleichfalls!» Herta Ziegler presst die Lippen zusammen und verschwindet ohne ein weiteres Wort im Haus.

Jetzt sind nur noch die drei Sperlings da und ich.

«Danke, Papa», sagt Gus, «für eben, meine ich.» Er zögert. «Wollt ihr … äh … schon mal reingehen? Ich komme nach!»

«In Ordnung! Dann bis gleich.» Anne und Michael Sperling nicken uns verständnisvoll zu.

Als wir allein sind, schaut Gus mich an. «Wie ist es: Nimmst du meine Entschuldigung an?»

«Muss ich ja wohl, wenn ich nicht riskieren will, dass dir die Beine absterben.» Ich reiche ihm grinsend die Hand. «So kann doch kein Mensch länger als eine Stunde sitzen!»

«Ich hätte es auch länger ausgehalten», behauptet Gus, lässt sich aber dankbar von mir hochziehen. «Ich wollte dir zeigen, dass es mir ernst ist. Dass mir unsere Freundschaft wichtiger ist als …»

«Ich hab schon verstanden!», versichere ich.

«Wirklich?»

«Ja! Es lag nicht nur an dir. Ich hab zu viel Druck gemacht», gebe ich zu. «Von Anfang an! Und überhaupt: Diese Aktion hier war härter als drei Aufgaben aus unserem ‹Cool-in-10-Tagen›-Projekt zusammen.»

Gus sieht mich an. «Heißt das, wir sind jetzt beide echte Coolness-Meister?»

«Erst mal sind wir wieder echte Freunde!»

Er nickt. «Das ist viel wichtiger!»

Ich betrachte das Bild, das Gus für mich gemalt hat. Aus der Nähe ist es noch schöner als von oben. Ich wusste gar nicht, dass er so gut malen kann. Aber es gibt ja vieles, was ich noch nicht von Gus weiß.

«Erzählst du mir nachher von dem Gespräch mit deinem Vater?», frage ich. «Obwohl ... das ist eigentlich gar nicht mehr nötig, oder? Wir haben ja eben gesehen, dass er verstanden hat. Er hat dich verteidigt! Und deine Mutter auch! Gegen den feuerspeienden Ziegler-Drachen, das zählt doppelt!»

«Richte ich ihnen aus!» Gus lächelt und klopft sich den Kreidestaub von den Händen.

Ich wippe auf meinen Fußspitzen. «Sag mal, spielst du eigentlich ein Instrument?»

Gus mustert mich erstaunt. «Ja, Klarinette! Aber nicht besonders gut. Warum fragst du?»

«Ach nur so! Ich lerne nämlich jetzt Gitarre, und Stine kann ganz gut singen, und da dachte ich ...»

«Ja?», fragt Gus.

«Na ja, ich dachte, wir drei könnten vielleicht eine Band gründen! Also irgendwann später, wenn ich ein paar Griffe beherrsche.»

Gus schüttelt grinsend den Kopf. «Du meinst das echt ernst, oder?»

«Was?»

Ich tue jetzt mal so, als würde ich nicht verstehen, auf was er hinauswill.

«Mit dem Cool-Werden!», sagt Gus.

Natürlich meine ich das ernst! – Muss ja nicht alles sofort sein.

Ich streiche meine Haare hinter die Ohren. «Okay, das wäre geklärt. Und was machen wir jetzt?»

Gus überlegt. «Wie wär's mit frühstücken?»

Prima Idee!

Frühstücken ist immer ein guter Anfang.

Und dann sehen wir weiter.

ENDE